AF307317

Ursula Erler studierte Germanistik, Theologie und Theaterwissenschaft
an den Universitäten Köln und Bonn. Von 1971 bis 1981 war sie Dozentin
für Literatur und Soziologie an der Kölner Volkshochschule.
Sie lebte mit Ehemann und zwei Töchtern seit 1974 in Wiehl-Marienhagen.
Erler war Verfasserin von Romanen und Essays. Sie starb 2019 im Alter
von 77 Jahren und wurde auf dem Kölner Melaten Friedhof beigesetzt.

URSULA ERLER

EFFI UND IHR MANN

ROMAN

ALLTÄGLICHE BLOSSSTELLUNGEN

KURZE GESCHICHTEN

Bibliografische Information der Deutschen Nationalbibliothek:
Die Deutsche Nationalbibliothek verzeichnet diese Publikation in
der Deutschen Nationalbibliografie; detaillierte bibliografische Daten
sind im Internet über dnb.dnb.de abrufbar.

Copyright © 2024 Hans Erler
Neuauflage: „Effi und ihr Mann"
1. Auflage: Literarischer Verlag Helmut Braun, 1978
1. Auflage: „Alltägliche Blossstellungen", 2024
Gestaltung und Satz: Jutta Henderkes · hausmarke.com
Fotos: privat
Herausgeber: Hans Erler
Verlag: BoD · Books on Demand GmbH · 22848 Norderstedt
Druck: Libri Plureos GmbH · 22763 Hamburg

ISBN: 9783759758576

DER EINE TEIL

*In Erinnerung an
Tiny Wirtz*

INHALTSVERZEICHNIS

Das Begräbnis

Als Effi Seidel vor dem Zusammenbruch ihres Glücks stand – ein Ausdruck ihrer Mama für den Tatbestand, daß Effi seit zwei Monaten von ihrem Mann verlassen und mit ihren beiden Kindern alleine war –, brachte sie der Anlaß des Begräbnisses ihres Vaters, eine gute Woche nach dem diesjährigen Karfreitag, am Rand der Grube mit den Menschen zusammen, die an ihrer Kindheit und Jugend und jetzt an ihrem Schmerz über den Toten ihren Anteil besessen hatten und besaßen. Da waren zunächst die Schwester und der Schwager, die das Begräbnis sozusagen in Regie genommen hatten: die Bestellung der Orgelstücke, Blumenarrangements, Kandelaber und Läufer, die Holzqualität des Sarges bei der Aufbahrung in der Trauerkapelle, die Gangfolge der Trauernden beim letzten Gang des Toten von Kapelle zu Grab.

Die Schwester links, der Schwager rechts stützten die Mutter, Ehefrau des Toten, Effis Mama. Es folgten die Mutter und Schwestern des Schwagers, die Cousinen der Mama, die Jugendfreunde des Toten und seiner Frau, die Schüler des Gestorbenen, sowie die Mitbewohner des Trauerhauses, ein Mietshaus.

Effi ging irgendwo dazwischen, geriet auch gelegentlich an den Rand oder ans Ende des Zuges. Ihre Kinder gingen an ihrer Hand, liefen vor ihr her, gingen an der Hand anderer Trauernder oder blieben in den Büschen seitlich des Kiesweges, der zu der für den Toten bestimmten Ruhestätte führte, stehen. Als sich die Trauernden schon entfernt hatten, warfen Effis Kinder noch immer kleine Sträuße in die Grube.

In der Wohnung der Schwester sollte dann der Trauerimbß genommen werden: eine kräftige Rindsbrühe mit vielen frischen Gemüsen. Als Effi die Klingel drückte, öffnete ihr der nierenkranke Doktor Hals. Seit einem halben Jahr wöchentlich einmal an die Maschine angeschlossen, rechnete er mit einem nicht mehr fernen

Ende, zumal seine beiden Brüder bereits an der gleichen Krankheit gestorben waren. Hals war ein Schüler ihres Vaters, einer der frühesten, jetzt längst selbst im Klavierfach tätig, mit eigenem Haus in der Vorstadt, Frau und zwei Töchtern. Hals trug jetzt einen Bart, was Effi fast anrüchig anmutete, weshalb sie sogar einen leichten Schritt in der offenen Tür zurückwich. Nicht, daß Effi außerstande gewesen wäre, Sinn für einen männlichen Bart zu haben, zumindest für eine Selbstverständlichkeit zu halten, aber bei einem sich auflösenden Körper, dem das Kadaversein schon vor Augen stehen mußte, fand Effi, war der Bart eine Geschmacklosigkeit. Denn entweder verwies er bereits auf die nahende Verwilderung der gesamten Körperlichkeit des Doktor Hals, oder es sollte der Versuch gemacht werden, dieser noch eine Weile trotzen zu wollen, ja, vielleicht dieselbe noch eine Weile zu verdecken; so oder so, Effi wollte, daß man den Tatsachen ins Gesicht sah.

Aber Doktor Hals war freundlich und lächelte blaß ermutigend in das zurückweichende Gesicht Effis und fragte sie nach ihren beiden Kindern, besonders dem Töchterchen. Das Töchterchen allerdings war gerade das ältere der beiden Kinder Effis und selbständig genug, den Weg vom Friedhof zu Haus und Wohnung der Schwester zu finden. Aber von Doktor Hals war bekannt, und er sagte es auch selbst, daß er kleine Mädchen liebte. Sehr, sehr lange konnte er so einem kleinen Mädchen nachsehen, das ja auch schließlich sozusagen seine ganze Zukunft noch vor sich hatte. Selbst hatte der Doktor Hals um ein Haar sein eigenes kleines Mädchen, das erstgeborene, zu Schanden gebracht. Jedenfalls mußte es mit 13 Jahren in eine angemessenere härtere Zucht als die elterliche: ein Erziehungsheim für Mädchen, mit einer Mauer um den Garten und über der Mauer noch einem Stacheldraht. Es mochte ja den Buben und Vätern einfallen können, ihre kleinen Mädchen dort wieder herausholen zu wollen. Und was diese, die Mädchen selbst, betraf, wußte man auch nicht, ob sie den Fuß nicht doch an die Mauer gesetzt hätten, wenn das eine leichte Gelegenheit geboten hätte, auszubrechen.

Doktor Hals' ältere Tochter jedenfalls war jetzt behütet, und die jüngere unterstand in verschärftem Maße der Obhut ihrer Mutter.

Effi drängte sich an Doktor Hals vorbei in den Flur und stand dort eine Weile tatenlos, während alles um sie her mit dem Austragen von Suppenschüsseln beschäftigt war.

Hättest du den vorwurfsvollen Blick deiner Schwester auf dich bezogen, Effi, wärest du darauf bedacht gewesen, nicht so tatenlos herumzustehen. Wenn du fassungslos an der Gardine gestanden hättest, in ein Weinen ausgebrochen, das in Anbetracht deiner gesamten Lage immerhin das Verständnis aller gefunden hätte, hätte sie, deine Schwester, auf dich zugehen können, dir den Arm um die Schultern legen können. So aber bist du nicht zu integrieren in den Trauerablauf, in das Essen, in das leise flüsternde Gespräch. Und wo sind deine Kinder? Und warum trägst du ein Sommerkleid, mit einer Kordel lose um die Hüfte geknotet? Gut, es ist schwarz, aber doch recht ausgeschnitten und ärmellos. Deine Schwester ist sechs Jahre jünger als du und trägt das Haar aufgeknotet und von Kopf bis Fuß und bis zu den Handgelenken makelloses Schwarz. Gleich, wenn die Gäste gegessen haben, wird sie ans Klavier treten und in memoriam des toten Vaters spielen.

Spielst du einen Ton, Effi? Was ist dein Beitrag zu dem Trauerfest? Während die Gäste den Klavierstücken folgten, machte Effi den Abwasch. Bis der Schwager kam und sie aufforderte, das zu lassen. Sodann schob er selbst die Hemdsärmel hoch und spülte das Geschirr noch einmal unter dem fließenden Strahl ab.

Effi zog hinter sich die Tür ins Schloß und ging in eine Samenhandlung, kaufte dort ein Dutzend Zwerge und ging auf den Friedhof zurück. Dort fand sie ihre Kinder zwischen den Kränzen auf dem Grab des Großvaters. Sie verteilte die Zwerge zwischen den Blumen und ging mit den Kindern Hand in Hand davon. In einer Eisdiele aßen sie drei große Portionen Eis.

Die monatlichen Überweisungen ihres Mannes waren Effi bis zum Scheidungstermin noch sicher. Dann würde eine andere

Regelung getroffen werden. Effi hatte nichts gelernt und dachte auch nicht daran, noch etwas zu lernen. Sie hatte wie ihre Schwester eine höhere Schule besucht und dann geheiratet. Ihre Schwester allerdings hatte noch während der Ehe ein Musikstudium abgeschlossen. Sie unterrichtete. Solange die Ehe noch kinderlos war, würde sie ihren Beruf nicht aufgeben. Von Aufgeben des Berufs würde indessen auch später, wenn sich Kinder einstellten, keine Rede sein, allenfalls von Einschränkung. Der Mann der Schwester war juristischer Beamter. Er dachte daran, sich in nicht zu ferner Zeit in einen ländlichen Distrikt versetzen zu lassen und da zu bauen. Effi besaß zusammen mit ihrem Mann schon seit sieben Jahren ein Landhaus, in dem sie auch die meiste Zeit ihrer Ehe verbracht hatte. Ihr Mann hatte sich zusätzlich noch eine Stadtwohnung gehalten, in die Effi gelegentlich mitgegangen oder auch alleine gegangen war.

Effis Mann war Professor. Das Landhaus eine Autostunde von der Stadt entfernt.

Effi hatte eine Reihe mehr oder weniger gescheiterter landwirtschaftlicher Experimente hinter sich gebracht: den Ankauf und die Haltung von Hühnern, Ziegen, Schweinen, die sie eine Zeitlang sogar mit großer pünktlicher Hingabe versorgt hatte. Allein der Erfolg des Ertrages wollte sich nie so recht einstellen. Etwas erfolgreicher hatte sie Hunde gekreuzt.

Auch Effi also besaß ihre Talente, und sie hätte bestimmt noch viele entwickeln können, wenn ihr jetzt nicht die Scheidung ins Haus gestanden und sie daraus vertrieben hätte. Dabei war keineswegs davon die Rede gewesen, daß Achim, Effis Mann, ihr und ihren Kindern das Landhaus nehmen wollte, hatte er sich doch selbst zuletzt mehr und mehr von dem Haus zurückgezogen. Achim hatte sich überhaupt die sieben Jahre ihrer Ehe Effi gegenüber immer zuvorkommend gezeigt, ja hatte ihr selbst die Scheidung in ruhiger Weise angetragen und hatte noch kein einziges Mal im Verlauf dieser Ehe ihr gegenüber ein etwaiges Gefühl der Enttäuschtheit über sie, ihr Wesen, ihre Handlungen oder was immer angedeutet. Das wäre auch ganz außerhalb seiner persönlichen wesensbestimmten Möglichkeiten gelegen. Achims Vornehmheit und Korrektheit – Achim sprach nie von sich und hatte auch von seiner Frau nie etwas anderes erwartet, als daß sie schon selbst Wege finden würde, sich zu beschäftigen – schlossen von vorneherein jeden von ihm gegen irgend jemand erhobenen Vorwurf aus. Und so natürlich auch gegen seine Frau. Achim liebte seine Frau. Er liebte sie nach wie vor. Aber das Maß war voll. Effis Eigenmächtigkeit, ein zweites Leben neben ihrem Landhausleben zu begründen und dieses immerhin schon seit einigen Jahren in der Stadt zu behaupten, ein Leben überdies, für das Achim gar keine Parallelen geläufig waren, insofern es kein Mann war, zu dem es Effi hinzog, hatte ihn im Bedenken der Lage die Konsequenz ergreifen lassen, ihr die Scheidung anzutragen.

Effi hatte diesen seinen Antrag auf Scheidung – wie immer etwas gedankenlos, was allerdings bei ihr nicht ausschloß, daß sie durchaus ihren eigenen Gedanken nachhängen konnte – entgegengenommen und sich sofort und widerspruchslos der Konsequenz seiner Gedankenschlüsse unterworfen. Da es wiederum außerhalb ihrer wesensbestimmten Möglichkeiten lag, selbst irgend etwas an ihrem Leben zu ändern, und sie außerstande war, sich selbst irgendwo zu beschneiden, mußte sie eben buchstäblich beschnitten werden. Vor die Wahl gestellt, an welchem Leben sie denn nun festhalten wollte, hätte sie die Entscheidung nicht treffen können. So mußte denn über sie entschieden werden. Die Folgen des Einschnitts blieben abzuwarten.

Am Abend des Begräbnisses ihres Vaters, als sie und ihre Kinder noch immer herrenlos durch die Stadt streunten, erwog Effi etwas, was sie wohl des öfteren schon erwogen hatte und was eingedenk einiger sonstiger kleiner Verkaufserfolge, die sie aufweisen konnte, auch nicht so ganz weit ab lag, sich nämlich selbst irgendwo ganz steif hinzustellen und abzuwarten.

Die Kinder stellte sie ein wenig abseits von sich hin. Das größere Mädchen faßte den kleineren Jungen an der Hand, und beide sahen in die Straßenlaterne über sich. Moralisch war Effi nie ganz gefestigt gewesen. Zumindest alles war auch in dieser Richtung offen. Und da Effi hübsch war, durchaus hübsch, mit einer kleinen, leicht bleichen Anmut unter warmem, rötlich schimmerndem, jedenfalls weichem, langem Haar, sprach sie an. Mehrfach fuhren Autos verlangsamt an ihr vorbei, und Effi sah ihnen gedankenlos nach. Bis sie sich entschloß, kurzerhand ihre Kinder an der Hand zog, mit ihnen ins Auto stieg, den Fahrer vor ihrem elterlichen Haus – jetzt nur zu einem Teil elterlich – halten ließ, die Kinder zu ihrer Mutter heraufbrachte und wieder zurückkam, schweigend auf dem Beifahrersitz Platz nehmend.

In den Nebel der Stadtbeleuchtung hinein fuhr Effi wie im Traum. ‚Am Brunnen vor dem Tore, da steht ein Lindenbaum'. Während Effis Gesicht mühelos von Tränen übernäßt wurde, sie aber im Dunkeln ganz aufrecht saß, die Hand an der Klappe des Aschenbehälters über dem Handschuhfach, unbeobachtet von dem jetzt schneller durch die Nacht fahrenden Interessenten für ihre Person, wurde in den unteren Regionen von Effis Herz plötzlich etwas ganz hart: die Hände des Schwagers über dem Abwasch, den sie besorgt hatte, die Gangfolge des Trauerzuges – es war kein eigentlicher Platz für sie vorgesehen gewesen –, die sich Suppe einflößenden Trauergäste, die Schwester, die in memoriam des Toten Klavierstücke bravourös hintereinander gereiht hatte bis zu dem unvermeidlichen Trauermarsch Chopins … für sie, Effi, war hier überhaupt kein Platz, für sie und ihren Vater – wie sie plötzlich triumphierend bemerkte – war hier nicht der geringste Platz, grundsätzlich nicht.

Jetzt wollte sie ihr in memoriam anstimmen, oder vielleicht war das gar nicht mehr ausdrücklich erforderlich – war sie nicht längst des Vaters Tochter, ganz anders als jene, sein Erbe angetreten zu haben behauptende Schwester? Konnte die etwa singen, so wie Effi sang, aus voller Brust und Kehle, daß es weithin zu hören war? Konnte die etwa lachen, das warme, sich aus dem Herzen heraufarbeitende Lachen Effis, das alle einbezog, wenn sie wollte?

Konnte die sich etwa prostituieren, mit solch einem harten kleinen Zynismus und solch einem unendlichen Glauben, wie Effi jetzt gerade im Begriff stand, es zu tun?

Leicht und elegant stieg Effi, als der Wagenschlag geöffnet wurde, aus dem parkenden Auto und stützte ihren Arm auf den ihres Begleiters. Wie oft hatte sie sich so in den Arm ihres Mannes eingehangen, insbesondere während der langen Zeit ihrer beiden Schwangerschaften. Die hatten sie immer etwas beschwerlich gemacht.

Aufmerksam musterte sie die Haustür, Lifttür, Wohnungstür, die sie passierte, und setzte sich, im Appartement des Fremden angekommen, schweigend auf die Couch. Dann aber, schnell ihm und seinem Whiskysoda zuvorkommend, nestelte sie an der Kordel um ihre Hüfte und sah ihm ins Gesicht. Aus der Fassung, zumindest der Reihenfolge, gebracht, murmelte er eine Entschuldigung und zog sich für eine kleine Ewigkeit ins Bad zurück. Effi ließ sich auf den Teppich gleiten, legte die Arme über den Kopf zurück, öffnete die Beine und zählte die Sekunden. Die Stoßbewegungen in ihrem Bauch erinnerten Effi weit entfernt an etwas anderes, Vertrautes, sie konnte es jetzt nicht erinnern, und dann war sie frei, stand auf, schloß die Spangen ihres Schuhs um den Knöchel, zupfte an der Kordel um die Hüfte und hielt ihm die offene Hand hin. Er legte etwas hinein, sehr winzig gefaltet, und geleitete sie bis an die Tür. Effi war eins mit dem Dunkel im Treppenhaus.

Mit einem weiten Spaziergang und einer nachdenklichen Betrachtung des „kolossalen Gesellen", in dem „die deutsche Vernunft verschmachten" sollte, verbrachte Effi die restliche Nacht.

Der Brautkuß

Mit einem, oberflächlich gesehen, einfachen Zutrauen, war Effi damals, so wie sie ging und stand, in die Ehe gegangen. Für den, der hinter die Oberfläche sah allerdings, war dieses Zutrauen vielleicht doch nicht so einfach. Es war auch Bewußtheit dabei im Spiel und Weiblichkeit. Und bei den Gegensätzen ihrer Abstammung väterlicherseits und mütterlicherseits konnte es nicht ausbleiben, daß Effi zu balancieren hatte. Und wie wir sehen werden, sie balancierte auch. Effis Mama war Zeit ihres Lebens aufgegangen in ein einziges Talent, das der totalen unüberbietbaren Abhängigkeit von ihrem Mann. Mit siebzehn hatte sie ihn geheiratet und war über siebzig Jahre an seiner Seite geworden.

Immer mit einigen Hausmädchen versehen, meistens zweien, einer älteren und einer jüngeren, weil die jüngere jeweils von der älteren angelernt wurde, in den Nachmittagsstunden regelmäßig von ihrer eigenen Mutter besucht, Effis Großmutter, die die Kinder, Effi und ihre Schwester, zu beaufsichtigen hatte, wartete sie nur auf den allabendlichen Augenblick, in dem sich ihr Mann von seinem Beruf ab- und ihr zuwenden konnte.

Nach diesem Augenblick hungerte sie wie nach einer Messe. Und so, wie es sich für eine solche verboten hätte, sich schön zu machen, oder einfach zu verändern, unterließ sie es auch, sich für ihren Mann schön zu machen oder auch nur zu verändern. Nein, sie kam einfach so, wie sie ging und stand. So hatte er sie als junges Mädchen gesehen und geliebt, und so würde er sie bis in die Ewigkeit hinein sehen und lieben müssen. Da sie mit siebzehn keinen Brusthalter getragen hatte, trug sie auch keinen mit dreißig, fünfzig, siebzig. Da sie ihr Haar mit siebzehn hatte lose hängen lassen, ließ sie es auch mit dreißig, fünfzig, siebzig lose hängen. Da er ihr bis zu ihrem vierzigsten Lebensjahr untersagt hatte, Kinder zu gebären – Moralität, die er war, mochte er vorher keinerlei

Risiko eingehen –, gebar sie eben keine. Und da Lust ohne Geburt schlechterdings nicht angeht, hatte sie die ebensowenig. Auf diese Weise blieb sie lange jung. Auf eine beeindruckende Weise mädchenhaft oder allenfalls ganz jungfrauenhaft. Mit vierzig Jahren wog sie neunzig Pfund.

Ihre Hochzeitsnacht mit über vierzig war denn also auch genauso, wie sie gewesen wäre, wenn sie siebzehn gewesen wäre. Er trug sie zu Bett, ob mit einer Hand, das kann nicht mehr gesagt werden, jedenfalls, sie war federleicht. So gesehen ist es auch nicht zu verwundern, daß sie seinen Tod, obwohl er schon auf die achtzig zuging, nicht fassen konnte. Sie war ja, wenn man von der Hochzeitsnacht an rechnet, erst dreißig Jahre jung.

Das erste Kind dieser Verbindung, wie gesagt, war Effi. Da es seinem Vater ähnelte, fuhr sie es gelegentlich spazieren oder setzte sich mit ihm in die Sonne. Und da Effi immer sofort darauf drang, da wegzugehen, wo die Sonne hinter einer Wolke verschwand, konnte sie nie lange still irgendwo mit ihrem Kind sitzen. Sonst hätte sie vielleicht in seinen Augen lesen können, die Verwunderung zumindest herauslesen können, ja die Fremdheit, mit der ihr Kind sie ansah.

Wäre es nur die Mutter gewesen, die die weibliche Rolle zu beherrschen vorgab, hätte Effi wohl kurzer Hand ihrer Weiblichkeit den Kampf angesagt und sie an den bewußten Nagel gehängt. Aber da war noch eine andere Weiblichkeit, und die kam Effi erheblich näher.

Effi beschäftigte sich viel mit Schönheit, ihr lag sehr daran. Und ihre Haare hingen auch nicht, auch wenn sie hingen. Effis Erscheinung, mit einem Wort, war immer sorgfältig berechnet, zumindest ihr bewußt. Und auf einen Mann stürzte sich Effi auch nicht wie auf die Fleischtöpfe Kanaans, sondern sie nahm ihn beherrscht ins Visier. Sie glaubte auch nicht daran, daß man etwas so ganz ohne weiteres tun kann, sich hingeben zum Beispiel, zumindest bei einem Mann, oder keinen Büstenhalter tragen oder aufhören, sein Haar zu bürsten. Sie konnte sich hingeben, gewiß konnte sie das, aber dann mußte sie sich sozusagen selbst mit den Armen über den Kopf heben und hingeben. Und das waren immer zwei Schritte mehr als bei ihrer Mutter. Effi hatte auch nie von sich gesagt, sie schliefe wie ein Sack, was ihre Mama nicht nur sagte, sondern auch tat. Effi schlief immer, als schliefe sie nicht, nur so ein wenig, falls jemand käme, konnte sie ihn doch nicht verschlafen. Effi hatte vielleicht nicht mehr im Kopf als ihre Mutter, aber sie benutzte ihn jedenfalls anders, sie stellte an ihn Fragen, und stellte sogar mit ihm gegen ihn Fragen. Kurzum, sie war ein selbständiger Mensch, wenn auch nicht unabhängig, zumindest nicht unabhängig unabhängig, dann schon vielmehr abhängig unabhängig. Aber Unabhängigkeit war immer dabei und blieb mit im Spiel. Sie kannte nur einen Graus: die Emotion. Und genau das war das Lebenselement ihrer Mama. Es ließ sie die Arme ausstrecken. Es zwang sie zu betteln, um Worte, Gesten, Brocken von Anwesenheit. Dann floh Effi aus dem Haus. Sollte so etwas je gegen sie gerichtet sein – laufen würde sie und sich nie mehr umsehen.

Dabei ahnte Effi, ja, das ahnte sie, daß sie durchaus imstande sein könnte, einmal wie um ihr Leben einem oder etwas hinterherzurennen, aber schon das eben war ja bereits ein Unterschied, daß sie hinterherrennen würde, während ihre Mama auf der Stelle verblieb und jammerte und von einem gewissen Punkt an plötzlich anfangen konnte, stolz zu werden. Denn betteln oder stolz sein und sich nichts schenken lassen, das ist dasselbe Ding, nur von zwei verschiedenen Seiten aus betrachtet.

Effi kannte keinen Stolz, so wenig wie sie betteln konnte. Sie würde dem, der sie möglicherweise zu so etwas zwingen könnte, beizeiten einen Fehdehandschuh ins Gesicht werfen und ihm, selbst wenn sie dabei etwas blaß werden würde, sagen, daß es um ihre Existenz ginge, und damit nicht zu spaßen wäre, Gott im Himmel Donnerwetter nicht.

Vielleicht ist es mit diesem Wort überhaupt gesagt, worin sich Mutter und Tochter nie verstanden hatten und je mehr verstehen würden: Existenz. So nachgiebig Effi in allem war, so rücksichtslos war sie auf dieses Wort und das, was dafür stand. Während ihre Mama –: so rücksichtslos sie alles unterdrückte, was nicht auf ihren Mann hin lebte und sich ihm unterordnete, so rücksichtslos sie selbst sich ihm untergeordnet hatte, und nur untätig auf dem Sprung zu ihm hin lebte, so nachgiebig – weil verständnislos – war sie gegen das Wort, das Effi so aufbrachte: Existenz.

Jedenfalls, von Absage an sich selbst konnte keine Rede sein. Und dann auch – Effis Glieder waren so weich, Effis Haut war so weiß, Effis Haar mit dem rötlichen Schimmer war so sehr dazu angetan, gefallen zu können, daß ihr ganz unmoral sch davon zu Kopf wurde. Auch von Absage an diese Weiblichkeit konnte also wohl keine Rede sein. Sie genoß sie mit allen Sinnen.

Und war es nicht ihr Vater selbst, der ihr diese Weiblichkeit nachdrücklich zur Verpflichtung machte, wenngleich er auch etwas anderes fast ebenso nachdrücklich zur Verpflichtung gemacht hatte und machte: ihr Wort mitzusprechen bei allem, was gesprochen und gehandelt wurde, politisch und überhaupt.

Johannes Seidel, Effis Vater, war ein Sohn armer Eltern. Von fünf Kindern das einzig überlebende, war er früh dazu angehalten, den elterlichen Haushalt – bald nur noch den der Mutter – zu unterstützen. Sein Vater entging nicht dem schon legendären Schicksal der Familie: Wie dessen Vater, wie dessen Großvater gelangte auch der Vater Johannes Seidels in eine Anstalt für Trinker. Erst Johannes Seidel durchbrach den Teufelskreis. Er hatte etwas Besseres gefunden als den Alkohol: die Musik.

Auf einer Schiffswerft beschäftigt, ging dem jungen Seidel den ganzen Tag ein anderer Rhythmus durch den Kopf, der der Symphonie, die er vor einem Monat, schließlich vor einem Jahr in einem Konzert gehört hatte, zu dem ihm seine Großmutter eine Karte geschenkt hatte. Es war dies die 7. Symphonie eines gewissen Schubert.

Der vierzehnjährige, bald fünfzehnjährige strich jeden Tag nach Werkschluß zu dem halbzerstörten Klavierinstrument eines Gastgartens, das zu lange im Regen gestanden hatte und jetzt in einem meist unbenutzten Saal des Lokals auf sein weiteres Schicksal wartete. Der Wirt kannte die Laune des Jungen, da er aber auch die Laune seines Vater und Großvaters gekannt und daran verdient hatte, ließ er den Jungen gewähren. Nach und nach fiel von dem Geld, das er zu Hause ablieferte, so viel ab, daß er sich die Noten kaufen konnte,die er durch die Scheiben der Musikhandlung angestarrt und für nichts auf der Welt gleich erachtet hatte.

Darin übrigens blieb sich Johannes Seidel treu: Für nichts auf der Welt hätte er seine Noten eingetauscht, auch als er es zu etwas gebracht hatte. Aber vorerst war der Weg Johannes Seidels hart. Bis er zum Professor an einer staatlichen Hochschule für Musik aufgestiegen war, war er fünfzig Jahre alt geworden.

Beziehungslos, ohne Empfehlungen irgendwelcher Art, war er indessen bereits mir fünfundzwanzig Jahren selbst eine Empfehlung gewesen, sofern man einen Sohn oder eine Tochter hatte, die Klavier lernen sollte. Konnte er doch bereits in diesem Alter auf zwei Wunderkinder verweisen, wahre Kinder der Konzertsäle, einen Jungen von elf und ein Mädchen von zehn Jahren, seine Schüler. Und außerdem war Johannes Seidel ein schöner Mann, ja, das war er, mit schweigsamen ermutigenden Händen, die auch noch nachts, wenn er lag und nicht schlafen konnte, akrobatische Kunststücke vollführten; es war ihm in seiner Jugend zu wenig Zeit für Fingerübungen geblieben.

Als er, wie gesagt, fünfzig Jahre alt und mit einer Meisterklasse für Klavier betraut war – nicht Theorie, beileibe nicht; das machten die Kollegen in der Universität, die Doktoren der Musikwissenschaft, die das Klavierspiel stets nebenbei und unter der Hand betrieben hatten und das Musikantische an der Sache Musik nur wie ein Handwerk, ein schlichtes Handwerk betrachteten, – schließlich war man selbst aus akademischem Haus –, adoptierte Johannes Seidel seinen Schüler, den Kinderheld der Konzertsäle. Aber da stand dieser bereits vor dem psychischen Zusammenbruch, und Johannes Seidel konnte nicht viel mehr für ihn tun, als ihn in eine erstklassige Anstalt für Schizophrenieerkrankte bringen.

Dieses Leben seines Schülers war für Johannes Seidel das heimliche Gegenbild seines eigenen Lebens gewesen. Gleichfalls aus hoffnungslosen Verhältnissen, hatte dieser Junge weit früher als er seine Flügel aus der Asche erhoben und war eine Verführung geworden für die zu zählenden Kinder, denen ein ähnlich unausgesprochener Wunsch am Herzen nagte, so spielen zu können wie er, Verführung aber auch für die jungen Absolventen von Universität und Musikschule wie deren ergraute Lehrer. Aber die Pubertät und was danach kam hielt nicht, was das Kind versprochen hatte. Nach einer unendlichen Kette von Strauchelei und erneutem Sichauffangen oder besser Sichauffangenlassen, eben durch die Person seines Lehrers, zerriß auch diese Kette, und haltlos – restlos haltlos – ging etwas zu Ende, was sich selbst nie gekannt und gewußt hatte: eine Begabung, zu groß zum Niederschlagen, zu klein schließlich, um sich daran hochzuziehen.

Als er kaputt war, ein Fall für die medikamentöse Psychiatrie und Schocktherapie, als es ihm gelungen war, von sich nur noch als Swedenborg zu sprechen, der sich abwechselnd im Himmel oder in der Hölle befand, um da wechselweise einiges zu ordnen, hatte er aufgehört, heimliches Gegenbild Johannes Seidels zu sein. Denn eben dies war dessen Stärke oder eher auch Grenze, einen zu begreifen, der sich selbst aus der Hand gab.

Je mehr es mit dem adoptierten Sohn bergab ging, desto mehr verurteilte ihn Johannes Seidel. War nicht er, Johannes Seidel, selbst Beweis genug, daß es auch anders ging, trotz Milieu auch anders ging? An diesem Punkt hielt es Johannes Seidel mit der Gnade oder Verdammnis, je nach dem. Abschaffbar oder nicht – und er war für die Abschaffung des gesellschaftlichen Elends und überzeugtes Mitglied der Kommunistischen Partei –, es gab einen Punkt, da konnte man sich nicht mehr entschuldigen mit so etwas wie Elend und Milieu, da stand alles für einen selbst auf dem Spiel und hing von einem selber ab.

Das war der Gnadenbegriff Johannes Seidels. Auch wenn man

zart war. Und Johannes Seidel war zart. Ein männlicher Kopf; aber eher schwächlich abfallende Schultern; lang aufgeschossen und zeitlebens etwas unterernährt. Was man nicht in seiner Jugend ißt, ißt man nicht wieder in sich hinein. Ein bis in seinen Tod jung und mager gebliebener Körper, junge Haut, gebändigt ruhelose Hände, Akrobatenhände für ein nicht enden wollendes Glasperlenspiel. Ein schüchternes Gesicht noch im Tod: Man hat nicht dreinreden wollen, diesem Gott nicht, diesem unbegreiflichen Gott nicht, selbst wenn man eingetragenes Mitglied der KP war. Es sollte wohl so sein.

Natürlich hätte er es ganz und gar unpassend gefunden, wenn etwa Effi auf den Gedanken gekommen wäre, in die KP einzutreten. So etwas war natürlich noch viel unerhörter als Pianistin zu werden und schon das machte Muskeln. Und doch ließ er Effi reden und hörte ihr sogar fast ängstlich zu, um kein Wort davon zu verlieren, wenn sie erklärte, wie sie alles machen würde, wenn die Revolution gemacht und jetzt die bessere Welt eingerichtet werden müßte. Also schien er doch so etwas in dieser Richtung von ihr zu erwarten, etwas Politisches, wenn man so will. Und Effi kaute bei solchen Gedanken an ihrer Unterlippe, bis die ganz wund davon war. Aber vorerst fiel ihr auch nichts anderes ein, als ihre Ehe einzugehen. Achim, ein Doktor phil. und angehender Professor der Philosophie, schien ihr dafür der Rechte. Er hatte über den „Wandel der Moral" promoviert und habilitierte sich jetzt mit einer „Neuwertung der Werte."

Auch er war ein Schüler ihres Vaters, aber nur ein ganz entfernter. Zusammen mit einem Juden, seinem Freund Speyer, kam er einmal im Monat für eine Stunde, lediglich um ein Talent, das einmal mühselig unter elterlichem Schweiß erworben worden war, nicht ganz aus der Übung kommen zu lassen. Und da er den Vater schätzte und das Mädchen durchaus anziehend fand, stellte er Effis Lockungen nicht viel entgegen, wuchs im Gegenteil jedes Mal mehr in seinem Selbstbewußtsein, wenn hinter dem Kopf des Lehrers der Mädchenkopf ihm nachsah, wie er mit Speyer die

Treppe hinunterstieg.

Bevor Effi es ihrem Vater sagte allerdings, dachte sie, daß sie einen Brautkuß mit Achim tauschen müsse, damit alles seine Richtigkeit habe und auch Achim wisse, woran er sei. Sie stellte sich also schon eine Stunde, bevor mit ihm zu rechnen war, vor den Spiegel und studierte den Kuß. Aber er mißlang trotzdem. Da es auf der Straße stark geregnet hatte, kamen beide, Achim und Speyer, unter aufgespanntem Regenschirm die Treppe herauf, und Effi küßte – um nichts von ihrer geprobten Glut einbüßen zu müssen – den ersten, der ihr gerade entgegenkam. Es war Speyer. Wie versteinert sah sie ihn an, als sie ihr Versehen bemerkte. Aber Speyer erwärmte sich sichtlich und bot ihr an, sie beide doch mit ins Wartezimmer zu begleiten, sie wären wohl noch etwas früh und könnten die Zeit nutzen.

Wäre in diesem Augenblick nicht Achims Gesicht gewesen, Effi hätte den ganzen Plan aufgegeben, mit Brautkuß und Heirat und allem danach. So aber folgte sie auf Zehenspitzen den beiden ins Wartezimmer und küßte sich noch eine Viertelstunde mit Speyer und sah dabei unentwegt Achim an. Und Achim sie. Bis Achim sie dem verdutzten Speyer aus dem Arm nahm und sie selbst küßte, knapp und etwas gewaltsam, wie Effi es auf den Lippen zu spüren vermeinte, vielleicht auch etwas unbeholfener als Speyer, aber Effi sammelte da ja auch eben erst ihre ersten Erfahrungen – jedenfalls, er war es, Achim, dem ihr Kuß zugedacht war und der das endlich begriffen hatte.

In diesem Augenblick öffnete Effis Vater die Tür zum Wartezimmer und richtete sich in voller Größe im Türrahmen auf. Effi flog auf ihn zu und sagte ihm, daß Achim soeben um ihre Hand angehalten habe. Und da Achim keine Widerrede verlauten ließ, nahm Effis Vater die Sache für abgemacht. Und der Groll in seiner Stimme: „Wissen Sie, was Sie da haben, junger Mann, Schwiegersohn, sonst scheren Sie sich zum Teufel", verschwand zunehmend, als Achim, bezwungen von der Macht der Umstände, aufs Knie fiel, vor Vater und Tochter seinen Treueeid leistend, während Speyer fassungslos in sein schütteres Haar faßte.

So kam denn alles an sein gutes Ende und Effi an Achim und wurde schon im selben Jahr mit achtzehn Jahren Ehefrau.

24

Ein Leben

Nun ist Effi in ihrem Landhaus und wird sehr bald allerlei Lebendiges erstehen wie Kanarienvögel, Katzen, Hunde, Tauben. Und alle Blumenkästen sind voll von Geranien, Fuchsien und Maßlieb. Und wenn die Sonne scheint, hängt Effi Wäsche auf, denn die Wäsche kränkt es ja nicht, wenn sie, auch ohne sich verschmutzt zu haben, so oft die Sonne scheint, gewaschen wird. Und über ihre erste Nacht mit Achim hat Effi an alle Freundinnen ausführliche lange Briefe geschrieben, so sehr ist sie davon eingenommen, wo sie geht und steht. Sie kann mitten auf dem Weg stehenbleiben und in die Luft schnuppern, ob da nicht irgendwo sein Geruch zu finden ist. Ja, Effi ist ergeben, übermütig ergeben und voll Glück. Allerdings, wenn sie einer Freundin gegenüber auf das Glied zu sprechen kommt, muß sie erst ein kleines Losprustenwollen überwinden, um einen der Bedeutsamkeit des Gegenstandes angemessenen Ton zu finden. Aber den wird sie, so denkt sie sich, vermutlich erst ganz treffen, wenn sie ihr erstes Kind durch das Glied ihres Mannes Achim empfangen hat. Dann weiß man doch unfehlbar, wofür es gut war, wenngleich es auch jetzt für manches gut ist, aber das ist ein weites Feld.

So ging der Sommer Effis und Achims schnell und leicht dahin, und als der Herbst einsetzte, wurde Effi schwanger und damit sowohl abhängiger wie rücksichtsloser. Sie sehnte sich, mehr als sie begreifen konnte, danach mit Achim lange Stunden nebeneinander am offenen Feuer zu sitzen, denn einen offenen Kamin hatte sie jedenfalls auch bald durchgesetzt. Und davor taten sie eigentlich nichts, als Effis Bauch beim Wachsen zuzusehen. Was allerdings doch auch wieder nicht ganz zutreffend ist.

Denn Effi fühlte ganz genau, daß dieser sich rundende Bauch und – nach ärztlichem Einspruch – die Unmöglichkeit für ihren Mann, sich ihr in diesem Knospenstadium in den ersten drei Monaten zu nähern, eine Verführung ohnegleichen für Achim darstellte. Und damit nahm sie eine heimliche Rache, sie hätte selbst nicht zu sagen gewußt, wofür. Oder vielleicht doch?

Fiel es ihr vielleicht – trotz allem Ersehnten daran – doch nicht ganz so leicht, so mit der Zeit schwerfälliger und schwerfälliger zu werden? Jedenfalls, auf dem Finger zu pfeifen, schickte sich jetzt nicht mehr. Und ihren Freundinnen schrieb sie jetzt auch auffallend wenig, ja war ihnen gegenüber geradezu kleinlaut, als hätte sie ein Schicksal am Nacken gefaßt.

Gelegentlich, bei den kleinen Spaziergängen, die ihr der Arzt verordnet hatte, warf sie sich auch überheftig gegen Achims Schulter und brach in ein Schluchzen aus, das Achim dann während der Nacht sich einzuordnen bemühte. Aber wie sollte er das auch zu deuten imstande sein, und erraten können, daß Effi in dem Maße sie sich immer rückhaltloser an ihn klammerte, darunter mit tastenden Füßen nach einer Ungebundenheit suchte, von deren Ausmaß er gar keine Vorstellung haben konnte. Und je mehr sie sich auf den Winter hin mit Vorräten eindeckte, und je rascher sie häkelte, rosa und weiß, desto irregeführter ging Achim durch sein Haus. Zumal sie seit einiger Zeit auch die ehelichen Liebesspiele wieder aufgenommen hatten und Effi darin erfindungsreicher und geradezu raffinierter wurde, als sie das bisher gewesen.

Auch liebte sie es jetzt, sich auf eine besonders schwere Art bei ihm einzuhängen, wenn sie an seiner Seite ging, und konnte ihn wohl auch lange aus ihren grauen Augen nur so ansehen und dann nach einer Weile den Kopf bewegen, als ob sie zu etwas anderem übergehen wollte. Und wenn auch solche Augenblicke jetzt häufiger und häufiger kamen, brach doch auch fast gleichstark etwas anderes durch: ein anfangs noch verhaltener Jubel, fast ein Triumph. Denn Effi war im fünften Monat.

Und als das Tauwetter einsetzte und alles, was nicht niet- und nagelfest war, in seinen Bann zu ziehen suchte, Blumentöpfe, Papierkörbe, Wetterfahnen, war auch in Effi selber kein Halten mehr, und den Graus draußen mit dem Graus in ihrem eigenen

Innern vergleichend – denn Effi war ängstlich, und je näher der Zeitpunkt rückte, desto ängstlicher, ja geradezu vergraust –, tat es ihr ausgesprochen gut, bei diesem Wetter möglichst viele Stunden draußen und auf den Beinen zu sein.

Dafür wurde sie dann ganz willfährig, wenn sie nach Hause kam und sich von Achim Kamillentee einflößen ließ. Und immer und immer wieder ließ sie sich dann von Achim den Vorgang des Geburtsgeschehens in allen Einzelheiten wiederholen und bemühte sich auch, mimisch und gestisch alles durchzuexerzieren, wobei sie Achim jedesmal mit einem kleinen Kopfnicken fragte: „Ist es so recht?" Und als der Sommer ins Land brach, hatte Effi geboren. Da es ein grauer Sommertag war, an dem Effis Tochter das Licht der Welt erblickte, nannte Effi ihre Tochter Suse – das war der Taufname – Sommertag Grau. Suse Sommertag Grau geriet ihrem Vater nach, eine gefestigte kleine Person mit hellen abweisenden Augen. Von Moral brauchte zwischen Effi und ihrer Tochter nie ein Wort gesprochen zu werden, denn Suse war so voller Moral, daß es ein Unglück gegeben hätte, wenn davon noch etwas dazu gekommen wäre. Suse Sommertag Grau war früh ganz selbständig, mit blonden kurzen Rattenschwänzen und einer hellen bestimmten Stimme.

Mit zwei Jahren saß sie bereits sicher auf kleinen Pferde- und Eselrücken und sprach ihr „Müde bin ich geh zur Ruh", wenn auch mit einer kleinen, aufsässigen Dehnung, fehlerfrei. Effi hütete dieses Kind mit mehr Angst, als sie sich einzugestehen wagte. Da sie sich eine eigentliche Erziehung nicht zutraute, sagte sie ihr, wo sie ging und stand, Gebete her, um damit anzudeuten, daß es oben Instanzen gäbe, die Suse besser daran tun würde auf Kriterien hin zu befragen als sie selbst, ihre Mutter Effi.

Und Suse dachte auch gar nicht daran, sie, Effi, etwas zu fragen. Sie machte alles mit sich selber ab. Vielleicht, daß ihr die Gebete und die zahlreichen Sprüche zu Geburtstag, Hochzeit, Todestag und Namenstag, die sie mühelos auswendig wußte, eine Hilfe dabei waren. Auf jeden Fall brachten sie in Suses Leben etwas Heiteres und Verbindliches, das, da das Kind frei von jeder Altklugheit war, niemanden ernstlich verstimmen konnte.

Und doch war Suse Sommertag Grau eigentlich in sehr wenigen Augenblicken ihres Lebens ein Kind gewesen, und ganz sicher kein Kleinkind. Sie hatte sich zum Beispiel nur äußerst ungern schmutzig gemacht und trotzte nicht und sprach immer ganz verständliche Worte. Sie trug viel lieber Kleider als Hosen und konnte mit Zufriedenheit auf einen verzierten Rocksaum sehen und besonders auf ihn achten.

In ihren ersten Lebensjahren richtete sie sich fast nur nach dem Vater und suchte sein Einverständnis oder zumindest doch seinen Blick. Achim und Suse verstanden sich prächtig. Und fast auf allen Familienphotos sah man Achim mit Suse auf seinen Schultern. Erst mit drei Jahren setzte das Fragen ein, das Suse dann im Umgang mit ihrer Mutter beibehielt: „Was bist du, Mama? Ein Krokodil? Oder eine Hexe? Du brauchst keine Angst zu haben, Mama. Ich bin ein Krokodilskind. Oder ein Hexenkind. Ich bin immer dein Kind." Und damit ist der persönliche Teil der Beziehung Effis zu Suse und Suses zu Effi auch schon umschrieben. So wenig sie die Mutter einzuordnen imstande gewesen war, so einfach war das plötzlich, als sie festgestellt hatte und daran festhielt, daß sie ja auf alle Fälle Effis Kind und Effi ihre Mutter war. Denn an und für sich liebte Suse Sommertag Grau keine Krokodile und Hexen.

Aber zu diesem Zeitpunkt verließ Effi bereits viel das Haus und konnte tagelang wegbleiben, was ordentliche Mütter nie tun, oder sie verkleidete sich mit einem grünen Samtanzug und Kniebundhosen und einem Schlapphut auf dem Kopf. Und wenn sie zurückkam, stand Suse Sommertag Grau am Gartentor und lächelte sie an, als ob sie sie in ein sicheres Gelände zurückleiten wollte.

In ein sicheres und behütetes Haus jedenfalls. Mit einem Mann, der jeden Abend in sein Heim zurückfand und einer Wirtschafterin, der jetzt das meiste von dem oblag, was Effi früher allein oblegen hatte. Und wenn der Phlox so recht blühte und die Katze sich nicht regte und der Kiesweg zum Haus hin so besonders leuchtend eingefaßt war, dann konnte Effi sich wohl für einen Moment auf die kleine Mauer vorm Haus setzen und den Schlapphut abnehmen und mit ihrem Taschentuch den Schweiß aus dem leicht bleichen Gesicht wischen, in das die Haare zu viel Schatten warfen, als daß es vom Sonnenlicht hätte getroffen und gebräunt werden können. Erst dann ging Effi ins Haus hinein, das grüne Samtjackett lose über den Schultern. Und Suse Sommertag Grau war viel zu sehr Achims Tochter, als daß sie lange Fragen gestellt und nicht einfach selbst auf eine Idee gekommen wäre. Wie zum Beispiel die mit dem Krokodil.

Kinder, die nicht gegängelt werden, sind klug und liebevoll genug, die Not der Erwachsenen zu respektieren. Denn was heißt da auch erwachsen, wenn man gerade über zwanzig Jahre jung ist und einem die Jahre und Jahrzehnte ja auch nur so davonlaufen, Gott im Himmel, und man kennt sie und sich nicht, wenn man sie nicht lebt. Suse Sommertag Grau hatte ja die Sonne und die Tiere und das Haus und einen Vater, den es gar nicht nach Fortgehen lüstete. Und von der Mutter her immerhin die Sprüche, die sie sich aufsagen konnte und die eine kleine Stellvertretung waren für die Tage und Nächte, da die Mutter nicht auffindbar war. Nein, Effi warb anders um ihre Tochter, nicht, daß sie ihr folgen und ein gutes Kind sein solle, nein, sie warb ganz einfach um Verständnis für sich selbst, Effi, die Mutter. Aber sie hatte sich auch vorgenommen, Suse beizeiten den kleinen Bruder zu beschaffen, den man in den Wagen legen und vom Hund ziehen lassen konnte, wobei man nur hüh und hott zu rufen brauchte.

Und Effi konnte auch ganz lange Spaziergänge mit Suse machen, immer ein, zwei Tiere im Korb, und dann noch den Picknickkorb, versteht sich, denn natürlich wußte Effi auch, daß auch das nur so davonläuft, die Zeit, in der Töchter gerne mit ihren Müttern lange Spaziergänge machen.

Doch – und das war ein bitterlicher Wunsch Effis – vielleicht würde es auch einmal anders und das Wunder geschah, und die Tochter würde es in jedem Lebensjahrzehnt eine Unterhaltung ohnegleichen finden, mit der Mutter lange Spaziergänge zu machen. Und in gewisser Weise war die Neugier Suse Sommertag Graus auf Effi auch groß und zumindest größer als die Achims auf seine Frau.

Achim nämlich, wenn er auch Effis Launen – so hieß die Bezeichnung, die er sich für Effis Unberechenbarkeiten zugelegt hatte – widerspruchslos hinnahm, war zumindest nicht gewillt, diese auch noch mit ihr zu bereden, genügte es doch vollauf, daß sie sich ereigneten. Und so trat denn Effi, wenn sie von einer ihrer kleinen Eskapaden zurückkam, in ihr beiderseitiges Schlafzimmer, legte den grünen Samtanzug ab, steckte ihr loses Haar auf und glitt für Achim in ein fußlanges Kleid.

Nein, Achim war nicht eigentlich mißtrauisch und schon gar nicht voll Eifersucht, eine solche konnte bei der Art, wie Effi aus dem Haus ging – ein Mittelding von Jäger und Knappe – auch gar nicht gut aufkommen. Er war lediglich unwillig, wenn er sie so gehen sah. Vielleicht war es ja auch wirklich nur ein Stelldichein mit den Vögeln im Wald. Aber hatte sie das nötig, und hatte er das nötig, das auf diese Weise immerhin seine Hausordnung immer wieder zerstört, zumindest in Frage gestellt wurde.

Aber mit der Zeit, als Effi länger und länger ausblieb und bleicher und verwirrter zurückzukommen schien, gewöhnte sich Achim an, Effi zu beobachten, nicht zu verfolgen, nein, nur zu beobachten.

In ihr sexuelles Leben brachte Effi jetzt viele Neuigkeiten hinein. Vor allem hatte sie etwas ganz und gar aufgegeben: das Locken und die Verlockung. Stattdessen bestimmte sie: „Hier und da. So nicht. Nein doch. Was für eine Trottelei. Ja endlich. Gut. Ah. Deine Effi. Deine Effi." Selbst beschränkte sie sich darauf, Achim zuzugestehen, daß er sich nach unterzogener Liebesmüh für sich selbst entspannen dürfe.

Sie saß dann, die Beine unter das Nachthemd gezogen, mit wippenden Zehenspitzen und sah ihm dabei zu. Und Achim, nachdem ihm dies Verhalten seiner Frau nicht mehr neu war, sah ihr mit steigender Bitternis in das Gesicht, in nur zu sehr berechtigtem Groll und voll Empörung. Dann konnte Effi sich lächelnd über ihn beugen, die Hand nur so zum Spiel bewegend. Und wenn Achim das eine auffällig lange Zeit duldete, konnte es sogar geschehen, daß Effi bitterlich zu weinen anfing.

Wußte sie sich doch hier und nur hier geliebt wie nirgendwo sonst, und sie würde es verspielen, mußte es verspielen, daß sie geliebt, daß sie zu Hause war. Dann schüttelte Effi ein wilder Haß auf die Freundin, auf die Frau, mit der sie das Bett teilte. O, Effi kannte keine Illusionen. Die andere hatte nichts zu verlieren. Aber sie, sie hatte alles zu verlieren, und sie verlor es Stück für Stück.

Achim – Achim – ach im Arm ihm –, nie würde sie das von einer Frau sagen, wünschen und träumen können. Da – von Frau zu Frau – war das Feld abgesteckt, da war die Flinte geladen mit echtem Schrot, da legte Effi an, da zielte Effi mitten ins Herz.

Und doch war das alles wieder nicht so gewalttätig oder doch nicht nur so gewalttätig, zumindest lag auch da etwas in der Luft, was diese Gewalttätigkeit lohnte und wieder überwand. Sich hingeben mit nur so einem kleinen Aufschrei, wo kann man das als Frau, wenn nicht bei der anderen Frau.

Zum Mann muß man sich immer erst hindenken_ Er ist anders. Man weiß nie, was in seinem Kopf vorgeht. Und er wirkt viel einsamer. Also muß man erst sozusagen in ein Gespräch treten. Und bei diesem Gespräch kann man Schüttelfrost bekommen, so anders ist man sich, und man will und muß sich doch verstehen. Daß in diesem Schüttelfrost meist auch die Liebe geboren wird, ist auch eins von den Wundern des Lebens: Man liebt sich zueinander durch. Aber Effi war eben nicht nur Geduld, sondern auch Ungeduld, und sie konnte sich auf der Stelle hingeben wollen und wollte dann unmittelbar Verständnis und Respekt, Gott im Himmel Donnerwetter ja. Und das erfuhr sie nur mit Frauen.

Da gab es keine Umwege. Da gab es keine Fremdheiten und Dunkelheiten. Da waren zwei immer schon zueinander auf dem Sprung, als ob sie in ihr eigenes Ich wollten. Und die Sexualität – nur ein Mann kann glauben, daß sich Frauen deswegen einander hingeben. Nein, sie wollen nur einmal frei sein und ungestört in den eigenen Tumult hinabsehen. Und selbst, wenn so etwas mit einem perfekten Doppelmord endete, es hätte seine Funktion gehabt. Für Männer vielleicht nicht auf der Hand liegend logisch, aber Frauen verstehen so etwas.

Und so ging Effi denn in dem Jahr, als ihre Tochter den dritten Geburtstag hinter sich hatte, viel im Jägerkostüm aus, manchmal mit einer Blume im Haar, aber öfter mit dem Schlapphut, denn sie ließ sich nicht so gerne ins Gesicht sehen, wenn sie diese Gänge machte. Aber noch vieles machten diese Gänge, die ihr selbst schwer aufs Herz fielen, wett: Effi erfuhr sich – und nur da – ganz so allein, so selbständig unselbständig, so geschützt und ungeschützt allein, wie sie und jeder Mensch an und für sich auch ist. Ihr war das Risiko und ihr die Beute. Ihr der Verlust und das Leid. Sie nahm es buchstäblich auf ihre Kappe und fand ihren Trost darin. Sie konnte eigenverantwortetes Liebesleid, eigenverantworteten Liebestrotz unter ihrem grünen Jackett tragen und sich – o bitte sehr – in einen wild rauschenden Bach werfen, wenn es ihr so paßte und an der Zeit dünkte. Und warum sollten das nur die Herren der Schöpfung dürfen.

 Und doch hatte Effi bei alledem etwas übersehen: die Welt und das Jahrhundert, in dem sie lebte. Von diesem fand sich noch so gut wie keine Spur an Effi. Da ihr Vater es bei Schubert hatte bewenden lassen, hatte sie auch nicht gewußt, wieso sie mehr verlangen sollte, und damit ganz einfach die falschen Maßstäbe. Die Natur also war für Effi immer noch groß und von menschlichem Fuß weitgehend unberührt. Und Männer verfügten noch ganz und beherrscht über ihre Leidenschaft. Und Frauen, wirkliche Frauen, waren die Gattinnen ihrer Männer und bekamen Kinder. Und wie sie selbst, Effi, diese Ordnung der Dinge billigte. Was sie selbst betraf, so war sie geneigt, alle Schuld auf sich selbst zu schieben, und sie hoffte, gläubig und bitterlich, daß dieses Gefühl, die Arme ausbreiten zu wollen, oder einfach dieses Gefühl, jung zu sein, von ihr abfallen möge, wenn es an der Zeit dafür wäre.

Der Vater

Um es vorab zu sagen: Johannes Seidel war eine durch und durch heterosexuelle Persönlichkeit. Von ihm konnte Effi nichts abbekommen haben. Oder vielleicht auf andere Weise doch. Schließlich liebte sie ihren Vater, und so liebte sie an ihm die Art, wie er auf Frauen zuging: schnell und – waren sie schön – immer ein bißchen bestürzt. Und Effi solidarisierte sich. Nahm die für ihn bestimmten Blumen entgegen und stellte sie ins Wasser. Alle Schülerinnen ihres Vaters brachten übergroße Blumensträuße, als wollten sie ihn bereits zu Lebzeiten darunter begraben. Aber Johannes Seidel träumte ja nicht von Abenteuern mit Frauen, sondern immer nur von Abenteuern mit der Musik.

Er hatte geheiratet, und was das betraf, wer hätte es gewagt, daran zu rühren. Aber selbstverständlich war er in der Lage, Unterschiede festzustellen und sogar – bis zu einem gewissen Grad – zu machen. Selbstverständlich sah er, ob das, was er da vor sich hatte, ein junges, noch vom Land träumendes Geschöpf war, das zu seiner Begabung gekommen war, es wußte selbst nicht wie oder ob das, was da bei ihm Stunden suchte, eine Dame war, gut mittelständisch verheiratet, oder auch nicht, aber jedenfalls nicht mehr jung, in keiner Hinsicht, und um so sorgfältiger bemüht, mit einem Lächeln wettzumachen, was so durch die Jahre immer mehr verloren ging. Ja, Johannes Seidel konnte sogar sehr grobe Späße machen, ein Heiliger war er nicht, ein grimmiger Heiliger allenfalls, voll Ingrimm gegen alles, was falsch, hinten Lyzeum und vorne Museum war. Und davon hatte er viel. Es war reich genug, sich seine Arbeitszeit kaufen zu können und so zum Schein etwas auf dem Klavier zu vollführen und heimlich seiner Seele Nahrung zuzuführen. Aber wenn das Resultat am Ende auch keine Fortschritte auf dem Klavier waren, dann doch immerhin eine geduldig neu gekittete Ehe. Denn das, meinte Johannes Seidel, war doch zumindest vonnöten, wenn schon nicht das andere. Und für eine Frau – Johannes Seidel war, was das betraf, von Kopf bis Fuß Patriarch – letzten Endes wohl auch das Bessere.

Er konnte allerdings auch das Gegenteil behaupten und gegen die Ehe wettern, aber dann mußte schon etwas ganz Besonderes vorliegen. Und dieses ganz Besondere lag in dem langen Musikerleben Johannes Seidels auch einige Male vor.

Drei Schülerinnen hatte Johannes Seidel, denen riet er schon in ihren Kinderschuhen strikt von der Ehe ab. Dabei waren sie alle drei schön, und, was aus so einer Perspektive fast noch wichtiger ist, so gesund, daß sie nur so geschaffen für Geburten waren. Aber sie hielten sich an sein Wort und heirateten nicht. Dafür wurden sie Künstlerinnen und behaupteten jede mindestens ein Jahrzehnt einen beachtlichen Platz in den Konzertsälen. Die eine verschlug es dann allerdings nach Johannisburg, die andere ging mit einem Russen durch, aber die dritte blieb sie selbst. Es war auch die allerbegabteste der drei.

Das alles sah und hörte Effi und schmiegte sich an ihres Vaters Beinkleider. Das Klavier rührte sie nicht an. Ihr wurde weder zu- noch abgeraten zu heiraten. Aber als sich in fortgeschrittener Zeit das Schicksal der begabtesten Schülerinnen solcherart überschlug und unübersichtlich wurde, meinte sie, was ihren Vater anging, eher ein leises Zuraten zum Heiraten zu entnehmen. Und irgendein auffälliges Talent lag ja bei Effi ohnehin nicht vor. Und doch blieb – was ihre Zukunft betraf – von seiten ihres Vaters immer alles etwas in der Schwebe. Vielleicht wollte er auch in diesem einen Punkt blind sein und diese seine Tochter für etwas ganz ausnahmslos Besonderes ansehen, etwas so Besonderes, daß sie schon wieder alles tun konnte, ohne etwas dabei falsch zu machen.

Ihr zuliebe grollte er sogar bisweilen der begabtesten Schülerin, die er hatte und die in ihrer Mannlosigkeit nur seiner Weisung gefolgt war. „Hüte dich, Kind“, konnte er sagen, „es ist doch wider die Natur." Im gleichen Atemzug freilich konnte er Effi auch zuraunen, es doch anders zu machen als die meisten ihres Geschlechts.

Effi antwortete auf all das nichts und ging nur zärtlich ihrer Wege. Jedenfalls, so hatte sie beschlossen, würde sie noch lange nicht heiraten.

Zu diesem Zeitpunkt begann ein Fräulein A. mit Stunden. Ledig, nicht mehr jung, aber ohne gewollte Jugend, gefestigt, nur manchmal, sich selbst zum Trotz, mitten beim Spielen von einem Krampf befallen, der sie buchstäblich außerstande setzte, noch eine Hand, einen Finger zu bewegen.

Dieses Fräulein A. liebte ihr Vater, wie Effi erkannte, zumindest war er ihr gegenüber von einer Behutsamkeit ohne Vergleich. Als müßte er alles wieder gut machen, was er in seinem Leben schon falsch geraten hatte. Auch Fräulein A. war begabt. Sehr begabt sogar.

Sie suchte in diesen Klavierstunden keinen Ausgleich für etwas anderes, war rücksichtslos für die Sache, und doch konnten ihr die Tränen nur so über das Gesicht laufen, gerade dann, wenn sie gut spielte.

Mit ihr ging es – aller Behutsamkeit von Effis Vater zum Trotz – in die umgekehrte Richtung, als es sonst im Verlauf der Klavierstunden zu sein pflegte: Sie verlor immer mehr von dem, was sie bereits konnte, und wurde so unfähig zur Konzentration, daß sie aufgeben mußte. Auch das sah Effi. Und hätte sie gerne geküßt. Der Wunsch dazu war auf einmal da. So legte sie denn eines Tages die Arme um sie und küßte sie sehr sanft ins Gesicht. Fräulein A. war weder bestürzt noch froh darüber, sondern blieb so gleichmäßig traurig, wie sie war. Als sie zum letzten Mal zur Stunde kam, brachte sie zum ersten Mal Blumen mit, einen Strauß weißer Wicken. Effi steckte, als sie allein war, den Kopf in die Blumen und weinte bitterlich. Kurz darauf entließ Johannes Seidel fast alle seine Schülerinnen, beziehungsweise übermittelte sie an seine Kollegen, und nahm statt dessen ausnahmslos nur noch Schüler an. Gerade, unschuldige Männer mit dem Willen zur Leistung und manchmal auch den Fähigkeiten dazu. Einer kam ihm vor Eifer unters Auto, einen Tag vor seinem Konzertexamen, und starb noch in der gleichen

Nacht. Aber eine ganze Reihe machten gemäßigte Karrieren, wurden Hochschullehrer an den Musikhochschulen des Landes und unterrichten daselbst.

Genial war keiner, mit Ausnahme des adoptierten Sohns, der in der psychiatrischen Klinik verdämmerte. Den hatte Effi, als er noch außerhalb der Anstalt war, Bruder Heckenrose genannt, weil er ihr einmal im Fastwinter noch eine Heckenrose am Strauch gefunden hatte. Aber auch er hatte ihr, wie das so geht, nicht nur Liebes, sondern auch ein Leids getan. Er war mit einer Dame zum Tee erschienen, die trug einen tatsächlichen Pelzmantel, noch dazu über nackten Armen, und rief sich Fräulein Gapardin. Ihr bot der Bruder Heckenrose eine Muratti-Kork nach der anderen an, und sie rauchte sie zwischen spitzen weinroten Fingernägeln. Nie hatte Effi so schwarze Locken gesehen, und wie die Gapardin sie zu schütteln verstand. Aber was hätte Effi denn auch mit ihrem Bruder tun wollen, zumal er ja so krank war, zu diesem Zeitpunkt jedenfalls schon sehr sichtbar. Effi allerdings, der überhaupt immer leicht ein Schluchzen aufkam, konnte dessen gar nicht mehr Herr werden, solange der Bruder mit dieser Dame war. So verging die Zeit der Kindheit Effis. Und schuldlos schuldig träumte sie manchen Traum, für den sie vielleicht gescholten worden wäre. Doch Träume kann man ja nicht schelten, denn man sieht sie nicht.

Indessen wuchs auch ihre Schwester heran und spielte morgens, mittags und abends Bach. Sie trug sehr früh einen kleinen Knoten im Haar und demonstrierte – viel früher als Effi überhaupt nur solche Gedanken kamen – weiblich gläubige Selbständigkeit. Empfindlicher gegen alles Abhängige und überhaupt wacher als die meist träumende Effi, zieht früh die Konsequenz und übt Klavier. Morgens, mittags und abends. Spielt auf Schulfeiern, macht Wettbewerbe mit und ist seit ihrem fünften Geburtstag damit beschäftigt, erwachsen zu werden.

Als sie konfirmiert war, bekam sie regelmäßig Stunden bei ihrem Vater und nutzte sie gut. Die fast sechzehnjährige Effi hingegen mußte ihr Vater noch zu sich auf den Schoß ziehen, um sie so etwas Einfaches klimpern zu lehren wie „Mit meinem Mädelchen / zieh ich durchs Städelchen / mit meinem Mädelchen / zieh ich ins Bett." Wobei – da sei Gott vor – kein Gedanke daran sein kann, einen Johannes Seidel mit einem Doktor Hals verwechseln zu wollen. Im Gegenteil, so ein kleines Lied wie dieses war für Johannes Seidel und seine Tochter nur wechselseitige Anstiftung zur Übertretung generell, also von allem und jedem, was sich auf seine Gesetzlichkeit etwas zugute hält. Und Effi hat es denn so auch verstanden und auf den Fingern gepfiffen, wenn einer oder eine die Straße heraufkam.

Ja, Effi und ihr Vater waren sich auch dann noch treu geblieben, als Johannes Seidel schon alle seine Freunde verloren hatte.

Anfangs waren es ja noch richtige Freunde gewesen, die alles mit ihm teilten: Wein, Nachrichten und Freude, sogar das Unglück. Aber dann kam der Punkt, da sie ihm nicht mehr verzeihen konnten und ihn somit in nichts mehr einbezogen. Sie alle hatten wie er auf die Stunde einer festen Anstellung gewartet, in Hochschule, Funk, Orchester. Die Stunde kam auch für jeden rechtzeitig genug. Verhungert zumindest war keiner bis dahin. Die beiden Kriege hatten ja auch das Ihre• dazu getan, elastisch und lebensklug zu halten.

Aber mit der festen Anstellung schwanden diese Tugenden bei den Freunden Johannes Seidels auch dahin. Unelastisch und unlebensklug saßen sie in ihren Sesseln, und Mißtrauen regte sich in ihren Busen gegen den Altersgenossen, der immer noch lieber zu Fuß durch eine Allee ging und die Anschaffung eines Wagens verschmähte, der seine Haare weit über die Zeit schneiden zu lassen vergessen konnte, der keine Affären außerhalb des ehelichen Grenzbezirks hatte, der lieber seine gotische Handschrift beibehielt, als sich zu einer Sekretärin zu bequemen, der kein Haus baute und keine Dias machte, der keine Kunstbände sammelte und kaum Platten besaß, während die andern Platten häuften, daß sie kaum noch dahinter zu erkennen waren, der noch nie Steak gegessen hatte, und von einer Italienreise total verwirrt und enttäuscht nach

Hause gekommen war, der – und das war wohl der Gipfel – den Hund eines Freundes anläßlich eines Spaziergangs von der Leine ließ, so daß er unauffindbar blieb.

Sie erwogen, zu seinen Gunsten zu sagen, daß vielleicht zu diesem Zeitpunkt bereits die Alterssklerose eingesetzt habe, an der er ja dann auch nach vielen vielen Jahren schließlich gestorben war. Aber genau so gut konnte es das Gegenteil sein: statt daß es zu viel Kalk ansetzte, verlor sein Hirn vielleicht mehr und mehr von dem lebensnotwendigen Quantum daran. So oder so, die Freunde zogen sich zurück.

Der eine stellte sich drei Sekretärinnen ein, für sich allein. Der andere photographierte Kunstschätze. Die meisten häuften Platten. Einer brachte es darin so weit, daß er sich eigene Schränke dafür anfertigen lassen mußte. Am Abend öffnete er die Schranktüren und hätte am liebsten fünf Platten unter dem Saphir übereinandergeschichtet und sie gleichzeitig gehört. So groß war die Begierde nach Musik.

Aber nicht nur in die Weite ging sein Sinn, desgleichen auch – was mehr wog – in die Tiefe. Stunden- und aberstundenlang war er nämlich beim Plattenhören noch etwas anderem auf der Spur: einem winzigen Etwas, das da auf den Rillen seiner Platten lag, dem Genie. Er staubte es ab und zog ihm jedesmal behutsam seine Plastikhüllen wieder über, bevor er es nach Mitternacht in den Schrank zurücklegte, aber es trat nie vor ihn hin: Nimm mich und mach mich!

Mit der Zeit ging er dazu über, seinen Hund mithören zu lassen, vielleicht daß der eine Spur fände, und jedesmal, wenn der Hund die Ohren steif zurücklegte und ihm ins Gesicht sah, sprach er zu ihm mit ebensoviel Stolz über das Tier wie persönlicher Resignation: „Ja, Iko, das ist's." Er war am Funk beschäftigt. Seinen Freunden gegenüber sprach er sich aus: „Nur rezeptiv. Kommerzialisiert. Herzblut. Streß."

Ein anderer Freund schaffte sich ein Gartenhäuschen an. Da zog er Gurken und hielt Petunien. Seine Frau hatte, solange sie im

Garten arbeitete, weiße Kittel zu tragen. Schließlich wollte er
das, was er anpflanzte, auch keimfrei halten.

Wieder ein anderer machte ganz bewußt am Abend Hausmusik:
Auch die kleinen Leuchten sind ein Licht, wenn sie zusammen
leuchten. So klang es denn auch vor diesem Haus des abends
sehr trostreich aus den geöffneten Fenstern, und neben den
musikantischen Leuchten brannten auf den Bücherborden und
rechts und links der Notenständer ebenso trostreiche Wachs-
leuchten.

Noch ein anderer wurde katholischer Schriftsteller. Er trennte sich
dafür von seiner Frau und bat seine erwachsenen Kinder, ihn nur
in Ausnahmesituationen mit Briefen zu behelligen. Es gelang ihm
dann in der Tat, bei so geordneten Arbeitsbedingungen sein Buch
erfolgreich abzuschließen und der Öffentlichkeit zu übergeben.

So hatten sie denn alle ihre Mitte gefunden, und ohne daß dem
eine eigentliche Absprache vorangegangen wäre, Johannes Seidel
mehr und mehr aus dem Kreis ausgeschlossen. Der aber war
mehr davon verletzt, als er sehen ließ. Er konnte sogar die Hand
zur Faust ballen und sie gegen sie schütteln, diese Freunde, diese
Waschlappen, mit denen er zusammen über Glück und Unglück
der Zeitgeschichte gesprochen hatte und über den Kommunismus,
und daß er siegen soll.

Aber wenn man seine Mitte gefunden hat, dann weiß man doch,
wie relativ alles ist. Und im übrigen: „Ein leicht bewegtes Herz
ist ein elend Gut auf der schwankenden Erde."

Nur, für solche Differenzierungen hätte Johannes Seidel ohnehin
keinen Sinn gehabt. Altkommunisten haben den nicht. Die sehen
nur, was alles da, wo sie sind, nicht so ist, wie es sein sollte und
könnte, wenn er eben siegte, der Kommunismus.

„Etwas für die Verhältnisse und etwas für die Seele", pflegte
Johannes Seidel zu sagen und meinte damit beides: Kommunismus
und Schubert.

In diesem Zusammenhang wäre noch des Doktor Hals zu gedenken.
Gleichfalls Kommunist, so sagt er jedenfalls, erst Schüler, dann

fast so etwas wie Freund des Johannes Seidel, allerdings einer,
den Seidel nie ganz einordnen konnte, gar zu viel ging ihm an dem
durcheinander, und er schob es auf den musikwissenschaftlichen
Doktor: „So ein Doktor hat noch nie gut getan, warum denn bloß
Doktor, wenn man Musik spielen lernen kann."
Aber Doktor Hals immerhin war ihm treu geblieben, als einziger
bis an seinen Tod. Auch wenn er sein Leid über den ausgebliebenen
Kommunismus in die Mädchenschändung hineinsublimiert hatte.
Das waren sie also, die Freunde des Johannes Seidel, und er ist
jetzt tot. Kurz bevor er gestorben ist, hat er die Hände spielerisch
auseinandergefaltet und neugierig verwundert zwischen ihnen
durchgesehen.

Das Tanzbein

An dieser Stelle ist ein Kapitel nachzuholen, das als Erklärung für Effis Waldgänge unentbehrlich ist. An einem Abend nämlich, als Effi Achim in die Stadt begleitet hatte – da war ihrer beider Tochter gerade drei Jahre alt geworden – und Achim einen Kollegen aufzusuchen hatte, zu dem und dessen Frau Effi im letzten Moment doch nicht mitgewollt hatte, an jenem Abend also, als Effi für einige Nachtstunden sich selbst überlassen war, war sie, dem Straßengewimmel der Großstadt folgend, vor ein Lokal geraten, in dem nur Frauen miteinander tanzten.

Die beiden Türen des Frauenlokals waren weit geöffnet. Es war Sommer. Aber eigentlich hatte nur eine kleine Begebenheit darin Effi gefesselt: ein nacktes kräftiges Tanzbein. Es gehörte einer Frau, die unter kurzgeschnittenem Schopf ganz versunken und gleichzeitig rücksichtslos tanzte.

Diese Frau, und wie sie unter dem verrutschenden Rock das Tanzbein rührte, bewog Effi, in die geöffnete Tür zu treten, und Tanz und Atem und das mit dem Fußaufstampfen der Tänzerin ganz und gar in sich aufzunehmen. Und als eine Pause einsetzte und die Tänzerin etwas ratlos auf der Tanzfläche beließ, während sich ihre Partnerin offensichtlich wie die meisten zurückgezogen hatte, trat Effi in den Raum und stellte sich ihr gegenüber auf.

Und da Effi sich für den Abend mit dem Kollegen ihres Mannes sehr schön gemacht hatte, mit langem Kleid, ganz in Grün, grünem Schuh und grünem halblangen Handschuh auf nacktem Arm und schmalem tiefem Dekolleté, das aber durch das lange frei hängende Haar auch wieder fast verhüllt war, fiel die Musik sofort wieder ein und zog beide in den Tanz. Während dieses Tanzes zog Effi erst den ersten Handschuh ab und warf ihn über den Kopf ihrer Partnerin auf irgendeinen der Tische, dann tat sie das gleiche mit dem zweiten, dann flogen die Schuhe nach, und zuletzt hatte sich ihre Partnerin in dem langen Kleid Effis so verfangen, daß sie nur noch auf der Stelle treten und an dem Stoff zerren konnte. Da hob Effi den linken Arm über der Achsel hoch und striff mit einem Zug am Reißverschluß das Kleid ab. Und da sie gesonnen schien, noch weiter zu schreiten, kam die Besitzerin des Lokals und führte sie an einen der kleinen Tische und gab ihr dabei ihre Sachen zurück. Aber Effis Tanzpartnerin besaß wenigstens Sinn für Effis Situation und setzte sich ihr gegenüber und flammte eine Kerze an und bestellte ein Essen für sie beide und so reichhaltig, daß sie erst einmal eine volle Stunde damit beschäftigt waren. Und dann war Effis Kopf schwer vom Wein, und sie stand auf und erkundigte sich bei ihrer Tischgesellin, ob sie nun mit ihr irgendwohin zum Schlafen gehen könne.

Da verließen sie Arm in Arm das Lokal. Und langten im Haus der Tanzpartnerin, Tischnachbarin, Gesellin, Freundin an.

Aber diese Nacht verlief denn doch ganz anders als die erste mit Achim, ohne Schnuppern und Glücksgefühl und Federleichtheit und banger Aufgehobenheit. Diese Nacht hier verlief dramatisch. Elektrisches Licht wurde eingeschaltet, sobald man die Wohnung betrat, und ging die Nacht über nicht wieder aus. Und Effi wurde der Putz vom Körper gezogen, noch schneller, als sie das in dem Lokal selbst zu tun imstande gewesen war.

Was war sie doch noch für eine Puppe trotz aller Feuerglut. Solche Geschöpfe muß man sich erst zurechtbiegen, damit sie auch etwas halten und hergeben. Denn von geschütteltem Haar und Schultern, über die ein leises Zittern läuft, wird man nicht satt. Aber satt wollte die Gesellin werden, die Freundin, Tischnachbarin, Tanzpartnerin.

Und Effi lernte unter erbarmungslos elektrischem Licht und erbarmungslos wiederholten Weisungen etwas aus sich herauszuholen, etwas herzugeben, herzuhalten, lernte sich ans Spiel zu halten und an die Abmachung, was alles Achim, noch weit bewegter als sie selbst in ihrer ersten Nacht, nie von ihr verlangt hätte. So daß sie bereits nach der ersten Stunde Gemeinsamkeit mit der Freundin wußte, daß jetzt eine andere Zeit für sie angefangen hatte und sie mores lehren würde. Schließlich stand hier nichts fest von wegen männlicher und weiblicher Rolle, zumindest die Freundin dachte gar nicht daran, nur die eine und da vielleicht noch die härtere zu übernehmen. Sie würde sich ins Zeug werfen, na klar würde sie das, aber das verlangte von Effi seinen Lohn. Da verfingen keine Ausflüchte in Bestürzung oder Schmollmund, das war noch härter als auf dem Klavier, und schon dazu hatte Effi nie Neigung gehabt. Was die andere für Muskeln hatte! Auch das war wie bei dem Klavier. Sicherlich – wenn man es dann konnte eines Tages und nur so hinlegen konnte wie aufs Parkett, das war schon eher etwas, wofür sich Effi erwärmen konnte. Aber die Wegstrecke bis dahin!

Doch sich selbst damit eine Neuigkeit bereitend, hielt Effi diesmal stand und übte, bis ihr der Schweiß auf der Stirn stand. Und ganz zum Schluß, kurz bevor sie einschlief, erfuhr sie noch etwas Seltsameres: Die Freundin, statt nun auch selbst einzuschlafen, war über sie geneigt und schien so verbleiben und über sie wachen zu wollen. Da war also auch hier – womit nicht mehr zu rechnen gewesen war – Gnade mit im Spiel. Und so wußte sie wieder nicht, als Antwort worauf, ihren Fleiß oder ihre Ohnmacht, zumindest kleine, schnell ermüdende Macht.

Soviel aber war gewiß: In dem einen Tanzbein der Freundin war so viel Kraft und Widerstand gegen die Welt gespeichert, wie Effi mit all ihrem Zubehör ganz außerstande war, je zu speichern. Was das betraf, mußte sie immer unterliegen. Und deshalb hatte sie sich ja auch bei Zeiten ihre Verbündeten geholt: weiche Arme, viel Haar, langes weiches Haar, und eine ungefestigte Moralität, eine Ausgesetztheit der ganzen Existenz, die sie auch in Erscheinung zu bringen trachtete, um selbst Gott, falls er Maßstäbe hätte, darin zu beirren, und zu sich herunter zu ziehen in eine kleine Mitschuld. Die gewisse kleine Anmut, die Effi durchaus hatte, war ihr also so nötig wie der Schildkröte ihr Schild und der Schnecke ihr Haus. Wer sich an die Leistung nicht traut, braucht die Anmut, um durch

die Jahreszeiten zu kommen. Und Effi helfen ja jetzt noch nicht
zuletzt ihre Jahre dabei. Später, wenn sie mit nichts als einem
Leiterwagen und zwei Kindern über Land zieht, wird sie mit der
Anmut handeln müssen, denn ob und wie sie ihr dann noch zu
Gesicht steht, ist im Besitz der Zukunft, und die kennt sie nicht.

Die Verwirrung

Das war es also, das Kapitel, das neue Lebensformen bei Effi auslöste. Einen zweiten Lebensplan sozusagen, den sie neben dem ersten abzugehen bemüht war. Solange Effi aber, was diesen zweiten Lebensplan betraf, immer nur im Schatten der Freundin stand, nicht so stark, nicht so robust, nicht so vital, nicht so selbständig, nicht so aggressiv, nicht so zynisch, mit einem Wort, nur eine Andeutung von alledem war, ging sie zu den Stelldicheins mit der Freundin wie in die Konfirmandenstunde, und so sah Achim auch keinen Anlaß, dem irgendwie nachzuforschen.

Aber Effi machte Fortschritte. Und in dem Maße wie sie diese machte, gewannen ihr die Gänge zur Freundin auch Vergnügen ab. Und wie sie es lernte, sich in allem zu konzentrieren, und so auch auf die Lust, die eigene und die der Freundin, bekam sie spürbar mehr Gewicht für sich selbst wie ihre sämtlichen Lebensbeziehungen. Sie kleidete sich bestimmter, beziehungsweise unterschied in eine Kleidung, die sie für Achim, und eine Kleidung, die sie für die Freundin trug. Sie tanzte bestimmter, beziehungsweise unterschied in einen Tanz, bei dem sie geführt wurde, und einen, bei dem sie selbst führte. Ja, sie entwickelte einen wahren Übermut darin, alles doppelt auszubilden: ihr Lachen, ihr Schweigen, ihre Anzüglichkeit, ihre Art zuzupacken und überhaupt alle Fähigkeiten und Stimmungen, über die sie verfügte. Denn das hatte sie erkannt: Bei Achim und bei der Freundin tat jeweils etwas Verschiedenes not, waren somit auch unterschiedliche Reaktionen geboten. Und so buchstabierte sie denn auf eigene Faust die beiden Möglichkeiten des menschlichen Geschlechts.

Ja, das war es, die Hälfte, die ganze andere Hälfte der Existenz hatte ihr gefehlt, bevor sie jenen Einblick in das Lokal, in dem die Frauen unter sich tanzten, nehmen konnte. Die Ehe mit Achim, das Haus, die Tiere, die Blumenkästen, soweit so gut, selbst Suse

Sommertag Grau und ihr kleiner, noch im Schoß der Möglichkeit
ruhender Bruder – aber das Neue jetzt war auch etwas und wert,
erfahren und gelebt zu werden.

Durch eine ganze halbe Welt waren die Freundinnen getrennt.
Ehe und Mutterschaft – Effis Teil, Beruf – der Freundin Teil,
beziehungsweise – wie die Freundin nicht unterließ richtigzustellen –
Beruf und Emanzipation, denn daß das nicht ohne weiteres dasselbe
ist, das konnte die Freundin des langen und breiten belegen, sie
hielt mit Effi so manches Kolloquium darüber ab. Und obgleich
es ja offensichtlich ein Zuwachs an Lebensmöglichkeiten für sie
war, was sich ihr jetzt bot, davon war sie durchaus überzeugt,
so war Effi doch zunächst außerstande, es anders als eine große
Verwirrung zu empfinden, was da über sie hereingebrochen war.
Und das kam so.

Indem Effis unruhig tastende Füße den Boden unter sich gefunden
hatten, der es ihr erlaubte, selbst irgendwo zu stehen – in der Zeit
mit Achim, – ach im Arm ihm –, hatte sie, was das, einen Boden
nämlich, betraf, immmer nur ein ganz bodenloses Gefühl gehabt
– indem Effi also so ihren Boden gefunden hatte und kräftig
auf ihm ausschritt, kam ihr gleichzeitig eine Ahnung, fast eine
Angst, wohin sie, diese neu erworbene Selbständigkeit führen
könnte. In die Lüge zu Achim – daran war kein Denken. Aber da
Achim nicht fragte, kam es doch fast auf so etwas heraus, auf
Verschweigen zumindest. Wie sollte sie auch unaufgefordert solche
Geständnisse machen, die in Achims Ohr nur zu bizarr geklungen
hätten. Und wenn er sich ihr dann geradezu in den Weg gestellt
und es ihr verboten hätte, dann wären die Folgen auch wieder
nicht abzusehen gewesen. Denn ihr Revier, das wußte Effi, würde
sie sich jetzt nicht mehr nehmen lassen. Und so war es vielleicht
auch wieder gut so, daß er nicht fragte und daß sie schwieg. Es war
ja auch nicht im eigentlichen Sinn Untreue, was sie da verleitete,
von Achim fortzugehen. Viel eher schon Treue zu sich selbst, zu
ihrer eigenen Person, die ihr fürs erste noch ganz fragmentarisch
aus dem Spiegel entgegensah. Eine neue Effi wollte sie Achim

zuführen, eine ganze Effi, aus dem Halbschatten erlöst, wollte sie im hellen Licht Achim gegenüberstellen, denn Effi hatte jetzt einen ganz neuen Mut zum Sein, übermütiger und ausgelassener, als sie es sich selbst zugetraut hätte. Todesfurcht oder, was für Effi fast dasselbe war, Gebärfurcht kannte sie jetzt nicht mehr und hätte nur noch Spott dafür gehabt. Und im Herbst es wie für eine Bestimmung halten, wenn ein Blatt vom Baum sie traf oder auch nur streifte, eine Bestimmung, die sie mit der ganzen Kreatur teilte, und die Effi allzeit etwas schwermütig machte, das war ihr auch verflogen, seit sie jetzt allein und nicht mehr an Achims Arm durch den Wald ging. Ja, alles Fürchten und Sich-grausen war von ihr abgefallen, in dem Maße, sie sich damit allein befand.

Ich kann allein – diesen Satz konnte sie sich ununterbrochen wiederholen. Er war eine Erkenntnis geworden. Hätte sie zu diesem Zeitpunkt allerdings schon auseinanderfächern wollen, was sie eigentlich allein konnte, wäre die Bilanz wohl kaum gut ausgefallen. Irgend etwas ließ sie diesen Versuch auch gar nicht machen: ein Hochgefühl, das sich nicht auf bestimmte einzelne Talente, sondern auf sie und die Welt bezog. Ja, Effi hatte zum ersten Mal ein Weltbewußtsein. Noch ungesellschaftlich, konfliktunbewußt, aber was den eigentlich natürlichen Bereich der Existenz betraf – Sexualität, Tod, Alter, Mutterschaft, Ehe und Familie – durchaus bewußt und seiner Bedeutung inne. Und wenn sie sich dem allen auch gelegentlich für ein paar Tage entzog und fortging, um etwas für sich selbst zu tun, ausnahmslos für sich allein, dann war es doch gerade dieses Alleine-Weggehen, und was sie dabei erfuhr, das sie die Bedeutung dessen, was sie zurückließ, sehen lehrte. Und dieses neue Wissen trug in ihre vielleicht verantwortungslosen Gänge ein Moment von Verantwortung und auch ein ganz neues Moment von Schmerz.

Sie war sich bewußt, beispielsweise Suse Sommertag Grau, ihre Tochter, am Gartentor stehen und ihr nachwinken zu lassen. Und es konnte der Fall eintreten, daß sie nach den ersten eiligen Schritten davon diese verlangsamte, um in ein Schluchzen auszubrechen, das sich erst gar nicht beruhigen wollte. Dann bedauerte sie zu wissen, was sie jetzt wußte, und den Geschmack von dem auf der Zunge haben zu müssen, was sie neu erfahren hatte: der Freiheit. Oder sie konnte mit plötzlichem Groll an Achim denken: Warum lief der ihr auch nicht nach und holte sie ein und preßte sie an seine Brust und ließ sie ihren Kopf gegen sein Herz vergraben und diese ganz neue Nervosität ihres Daseins vergessen oder doch abschütteln? Denn war das recht getan, daß er sie so gehen ließ in ihre eigene Emanzipation hinein? Und wußte er überhaupt, ob sie ihm je daraus zurückkäme? Wann hat man sich denn ausemanzipiert, gibt es da irgendwelche Richtlinien?

Ja, Effi konnte fast philosophisch darüber werden und diese beiden Prinzipien, die ihr Leben bisher getragen hatten – das eine von alters her, das andere noch ganz neu und anfänglich – in Korrelation stellen: Gnade und Emanzipation. Oder Emanzipation und Gnade. Wie bezog sich das wohl aufeinander, und bezog es sich überhaupt? Wenn sie sehr scharf nachdachte, sich erinnerte, gab es da allerdings einige Aufrufe aus Religions- und Deutschunterrichtsstunden, in denen von Autonomie und Mündigwerden die Rede gewesen war. Aber galt das für sie, Effi, ein weibliches Wesen, kurzum eine Frau? War es schicklich, und – was noch schwerer wog – war es nicht vielleicht dazu angetan, alle ihr bislang vom Leben entgegengebrachten Sympathien aufs Spiel zu setzen? Wollte Gott, daß sie sich emanzipierte?

Denn Effi, so gottlos gläubig sie war, konnte doch gelegentlich der Vereinfachung halber personifizieren, einfach aus einem Bedürfnis nach Anrede. Und so stand sie denn in ihrem grünen Jackett über den grünen Beinkleidern und den Schaftstiefeln aus weichem grünem Wildleder an einen Baum gelehnt und nahm ihre Kappe ab und fragte Gott nach der Wegrichtung. Aber die Antwort, wenn es so etwas war, lag wieder in der Schwebe, wie sie schon bei Johannes Seidel, Effis Vater, in der Schwebe gelegen hatte. Sicher, das Emanzipieren ging an, aber auch mit der Gnade war nicht zu spaßen. Ein Mensch, und vor allem doch eine Frau, die nicht gefiel, außerstande war, Sympathie zu erregen und für sich zu gewinnen, über die war damit dann ja auch bereits das Urteil gesprochen. So wehte es Effi von der Autarkie her kalt an und flüsterte ihr zu, es für unentschieden zu belassen, ob und w e weit eine Frau sich emanzipieren könne und zurückzugehen zu Mann und Kind und vielleicht wieder mal etwas zu gebären, und unterdessen würde schon alles in Ordnung kommen.

Und so ging Effi auch buchstäblich zurück, kurz vor Suse Sommertag Graus viertem Geburtstag und suchte Achim in seinem Arbeitszimmer auf und vergaß darüber sogar in der Hast, mit der sie auf ihn zuging, ihr grünes Jagdkostüm auszuziehen, und setzte sich auf seinen Schoß und drängte sie beide von dem Arbeitspult ab und umschlang seinen Nacken und schmiegte ihren Kopf an seinen Kopf, und die Kappe rollte auf den Fußboden. Und Achim erwehrte sich nicht, so neu war ihm seine Frau in dem Jagdkostüm, und neugieriger als in der ersten Nacht öffnete er ihr Jackett und vergrub seine kurzen Haare zwischen der nackten Haut Effis und dem festen grünen Stoff, durch den das Tageslicht schimmerte. Und Effi, mehr bleich als rosig, triumphierte, wie sie sah, daß er, wie man so sagt, Feuer gefangen und es ein ganz wütender Brand werden würde.

O, sie war stark, mit der Ackerfurche im Bunde, mit der Erde, dem Schoß und Millionen Jahren Verführung und Mutterschaft. Das war auch eine Macht immerhin, mit der konnte sie Schicksal spielen und über Geboren und Ungeboren entscheiden und ja, dieses Haus wollte sie sich halten, sich und ihren Kindern, und nicht daraus vertrieben werden wie zum Fluch. So leidenschaftlich, verzweifelt leidenschaftlich hatte Achim somit seine Frau lange nicht erfahren, und wie sie ihn antrieb, mehr und mehr, da dachte er wohl über das Rätselhafte des weiblichen Wesens nach, was immer auch heute noch aller Emanzipation und Gleichberechtigung zum Trotz, existiert.

Und als sechs Monate vergangen und Effi ihre Gewißheit hatte, daß sie Schicksal gespielt hatte, da ging sie durch das Haus, als ob sie es nun endgültig in Besitz nähme, und wechselte den Inhalt der Blumenkästen und befestigte überall doppelte Vorhänge und ließ sogar, wovon bisher nie die Rede gewesen, Fensterläden anbringen. Und ein Zimmer ließ sie ganz und gar ausräumen und lüftete es lange und gut und bereitete alles darin für ihre Niederkunft vor. Und mit Suse Sommertag Grau hielt sie lange Zwiegespräche, was für eine Zeit anheben würde, wenn er da wäre, der kleine Bruder. O, die Schwalben würden davon zwitschern, und der Himmel würde so blau sein, so blau, daß man denken könne, Aug in Aug mit Gott zu sein. Ja, Effi hatte besten Willen, und wenn es doch anders kam, dann bitte ich euch zu bedenken, wer diese Normen erfunden hat, von Fortschritt und Mündigkeit und Emanzipation und daß es weitergehen muß und Stillstand verweigert ist. Diese Unruhe um uns her hindert uns, so ruhig zu sein, wie wir wollen. Schon daß Achim dachte, immerzu dachte, regte Effi auf, was gab es eigentlich so viel zu denken, wo doch die Erde rund ist und der Himmel blau. Sie mit ihrer Konzentration auf das Wachsen in ihrem Bauch stand jedenfalls – so schien ihr – ganz allein in der Welt. Und alles eilte sich und nahm ihr jede Wichtigkeit, allein schon dadurch, daß es sich eilte.

Daß alles längst damit beschäftigt war, Schäden vorzubeugen, zumindest aufzuhalten, die dem eigenen Interesse nur diametral entgegen stehen konnten, und von daher eine Notwendigkeit zu eilen gegeben war, sah Effi zu diesem Zeitpunkt noch nicht. Und wenn sie das gesehen hätte, hätte sie gefragt, warum habt ihr es auch so verkehrt eingerichtet. Waren denn das Kriterien für eine Weltordnung: weiterzukommen und Schaden zu produzieren und Schaden vorzubeugen und damit noch weiter zu kommen. Selbst wenn sie von so etwas irgend eine Ahnung gehabt hätte, hätte sie sich lieber an das Blaue im Himmel gehalten; da war alles noch leer und rein, und man konnte darauf in langsamen Goldbuchstaben malen.

Das ist euer Betrug an unserer Existenz, und es ist jedenfalls ein größerer Betrug, als eure Einwände gegen unsere Emanzipation, die längst nicht einmal mehr aufrichtig sind, denn nur allzu tief müßt ihr uns in das Schlamassel hineinziehen, das ihr euch und uns eingebrockt habt und dessen ihr allein gar nicht mehr Herr werden könnt. Glaubt doch nicht, daß wir es nicht errieten, wie leistungsmüde, verantwortungsmüde ihr darüber geworden seid. Aber dazu sind wir ja da, meint ihr, wie die Mutter Gottes uns das Schwert im Herzen umzudrehen, um und um, und euch bei eurem Unheil zuzusehen und es, wo wir können, zu lindern. Wendet nicht ein, daß wir euch ja nur gar zu gerne imitierten, wenn wir das Lindern aufgeben dürften. Nein, das täten wir nicht gerne, und wo wir das tun, tun wir es als Opfer eurer Scheinfre heit und weil wir keine Zeit hatten, etwas anderes gegen euch zu setzen, und weil wir noch nicht viele sind, die wenigstens die Zeit haben, über euch und die Welt auch nur nachzudenken. Aber wir möchten wohl ein Gericht über euch werden dürfen. Nein, nicht das Weibliche zieht euch hinan, und alles sei euch vergeben – ihr habt zu viel getan, daß wir euch nicht mehr vergeben können, selbst wenn wir es wollten. Ihr habt euch bereits so weggegeben, daß wir kein Gegenüber mehr in euch finden, nicht einmal eins, das noch zu richten wäre. Eure Massaker, für die haben wir kein Lächeln mat is gloriosae, für die haben wir einen Zorn und ein Weh, das könnt ihr nicht mehr wettmachen, das können auch wir nicht mehr wettmachen, in tausend Matriarchaten nicht.

Und selbst Effi, der ahnungslosen Effi, ging etwas davon auf, mitten in ihrer freudigen und beflissenen Unruhe auf das kommende Ereignis hin, daß es vielleicht damit doch nicht einfach getan wäre – Kinder zu gebären. Sie wollte danach die Freundin fragen, die Freundin, die es vielleicht doch besser wissen mußte, so wie die mitten im Leben stand, mit Beruf und Emanzipation, und Brust an Brust im Kampf mit dem Mann und der Welt. Und so ging Effi denn, vielleicht etwas zärtlicher und befangener und weniger rücksichtslos, erneut im Jagdkostüm durch den Wald, der ihr Haus von der nächsten größeren Ortschaft trennte, in der sie eine Verkehrsverbindung nach der Stadt hatte, in der die Freundin lebte.

Der Triumph

Und damit begann die Zeit des Triumphs für Effi. Nachdem sie die gebotene sexuelle Virtuosität für die Freundin erlangt hatte, nahm diese sie wenigstens, was das betraf, für voll. Und so war Zeit frei auch für andere Unternehmungen. Gespräche. Reisen. Städte. Bars. Die ganze Welt sozusagen öffnete sich da für Effi, und selbstverständlich unter einer besonderen Perspektive, eben der der emanzipierten Frau.

Die Freundin, hauptberuflich Referentin im Ministerium für Entwicklungshilfe, nebenberuflich – Effi machte es Mühe, da durchzuschauen – Designerin für einen Comicstrip Verlag, Übersetzerin von Büchern aus der Dritten Welt, Herausgeberin einer eigenen Zeitung, die sich mit Frauenemanzipation beschäftigte, und gelegentlich Cellistin in einem Liebhaberorchester, war jedenfalls viel beschäftigt und stand in vielfachen Relationen zur Welt. Die Medien waren ihr nicht nur kein Buch mit sieben Siegeln, sondern sie hatte sie bereits längst vereinnahmt mit ihrer Perspektive, eben der der emanzipierten, gesellschaftskritischen Frau.

Und Effi stand bei ihren Gesprächen mit der Freundin noch ganz anders der Schweiß auf der Stirn als nach ihren ersten Versuchen mit ihr im Bett. Und wenn sie so ganz besonders müde und schläfrig war, dann machte die Freundin sich noch den Jux, sie in verschiedenen Weltsprachen, die ihr alle gleich geläufig waren, zu verspotten. Und Effi nahm sich wieder zusammen, erregter als nach einem Kuß, war doch diese totale Virtuosität der Freundin auf allen Klaviaturen der Welt – wie es Effi schien zumindest – etwas, und zumal für eine Frau, tief Erregendes. Und ein anderer Ehrgeiz regte sich in ihr, auch so sprechen, auch so polemisieren, auch so von einem Element ins andere und von einer Weltsprache in die andere fallen zu können. Sicherlich war auch hier Zynismus und ausgesprochene Aggression im Spiel, und die Freundin dachte gar nicht daran, das für sich in Abrede zu stellen, aber doch ganz anders begreiflich, wo sie doch aus einer Minderheitensituation heraus argumentierte, eben der der emanzipierten Frau.

Aber weit deutlicher als der Ehrgeiz Effis, der zunächst noch sehr verdeckt und ihr selbst fast unbewußt war, war ein anderes Gefühl: der Stolz auf die Freundin, der Stolz, an ihrer Seite gehen und sprechen und Städte bereisen zu dürfen. Denn wann hat man als Frau schon eine solche Freundin. Da konnte Effi nur lachen, wenn sie an ihre Freundinnen und deren Freundinnen dachte. Was die so zusammen plauschten, das war wirklich keines darum verlorenen Nachmittags wert.

Und Effi, die allzeit lernbegierige Effi, lernte so schnell und viel und gern, daß es fast schon wieder an ein Wunder grenzte, wenn man die mangelnde Ausrüstung, die Effi dafür in die Waagschale werfen konnte, mit in Betracht zieht. Allein, so ganz unzureichend war die wohl auch wieder nicht. Schließlich hatte da Johannes Seidel mit hineingespukt mit seinem verrückten Weltwillen, sein Wort mitzusprechen, und das bei der KP. Effi jedenfalls lernte und wollte lernen, und das ist immer noch eine wichtige Voraussetzung für gute Ergebnisse. Und die Freundin nahm das zur Kenntnis und Anerkenntnis und zollte ihr das berechtigte Lob.

Aber da war bereits auch schon fast der Punkt erreicht, an dem Effi nicht in Dünkel, nein, eher in einen strahlenden, rücksichtslosen Triumph verfiel. Sie genoß sich selbst und die neue Wirkung, die von ihr ausging. Und wenn die Freundin mit gerötetem Gesicht und blauen blitzenden Augen sie halb anfeuerte und doch, wie ängstlich, auch schon fast wieder zurückhalten zu wollen schien, dann überschritt sie ganz bewußt die Schwelle dieser kleinen Mahnung und redete weiter, parlierte weiter, provozierte weiter und konnte sich sogar einfallen lassen, in bekleidetem Zustand, an einem Tisch in einem Restaurant etwa, zu Intimitäten überzugehen. Und das, obgleich sie wußte, wie sehr die Freundin auf einer Trennung von Privatleben und Öffentlichkeit bestand. Denn schließlich hatte sie in ihrem Beruf eine Sphäre zu bewahren und unberührt zu halten von allem Persönlichen, die ihr, abgesehen von der Existenznotwendigkeit, ein schon wesensnotwendiger Gegenpol zu ihren sonstigen Engagements, Liebschaften, Liebhabereien und ernstlichen Seelenverwirrungen war. Dieser Bereich, der berufliche, mußte stimmen und intakt bleiben, denn wo sonst hätte sie die Kraft herholen sollen für gewisse Augenblicke, Phasen, Abgründe von Desorientiertheit. Effi wußte das wohl und erfaßte es auch mit ihrer gewissen kleinen hellseherischen mitmenschlichen Begabung, aber sie setzte sich darüber hinweg und holte die Freundin an ihrer Dienststätte ab und betrat sogar ihren Arbeitsraum, beziehungsweise das Vorzimmer zu diesem, und richtete es der Sekretärin mit einem ganz persönlich angelegentlichen Ton aus, der Freundin doch mitzuteilen, daß sie bereits warte.

Dabei spielten mehrere Motive gleichzeitig mit. Sicher zunächst der Stolz, so mitten hinein in eine öffentliche, geschäftige Umgebung versetzt zu sein, in der Entscheidungen getroffen wurden und Konsequenzen zeitigten, obgleich sie natürlich nur als Außenseiter und ganz am Rande damit zu tun bekam, eben wenn sie auf Zehenspitzen durch die Gänge ging, die Freundin herauszuholen. Aber auch die Provokation, der kleine Triumph, wenn es gelang, die Freundin ihrer Pflicht abspenstig und sich selbst willfährig zu machen. Und schließlich noch ein anderes ernst zu nehmendes Bedürfnis, die Freundin aus dieser Zweiteilung ihres Lebens herauszubrechen und mit sich selbst bekannt zu machen, der pflichtbewußten, leistungsbewußten, gesellschaftsbewußten Person in der Freundin die andere zu zeigen, wie sie sich selbst und Effi gegenüber des Nachts zeigte, im eigenen Bett oder im Hotelbett, in einer Kneipe oder einem Steakhouse, im Tête â tête oder in der Gruppe mit anderen. Denn wenn das nichts galt oder zumindest im Tagesgeschehen verblaßte, dann blieb auch Effi für sich selbst mehr oder weniger ein irrelevanter blasser Traum. Und Effi wollte mehr sein, für sich und die Freundin. Sie wollte die Alternative sein oder vielleicht sogar – ganz auf dem Grund ihres Wollens – die einzige Möglichkeit für ihre Freundin. Jedenfalls wollte sie, daß die Freundin klar sah und sich Rechenschaft gab über ihr gesamtes Leben und nicht nur einen Teil davon. Und so suchte sie sie hartnäckig genug auf, in der Absicht, sie damit in eine Entscheidung zu drängen, keineswegs, um sie aus ihrem Tagesleben heraus- und abzudrängen, wohl aber, um sie zu einem öffentlichen Bekenntnis zu ihr, Effi, zu zwingen, oder eben, sie fallenzulassen.

Das aber war für die Freundin beides schon fast gleich unmöglich. Denn sich zu Effi bekennen, neben ihr her zu gehen auf den amtlichen Gängen, selbst natürlich mit einem Aktenstoß bewaffnet und Schneiderkostüm mit Revers und Brosche, aber eben immerhin mit Effi an der Seite, Effi im Jagdkostüm, ein bleicher Knappe, mit schulterlangem Haar unter grüner Mütze, so sichtlich aus den Wäldern und so wenig glaubhaft hier, wo sich die Routine die Klinke reichte – das war nicht leicht, und gar im Wiederholungsfall. Da lag das Tuscheln nur so in der Luft, und mit dem Tuscheln die Gefahr für sie, das Risiko zumindest. Denn ledig und Frau, das ist kein guter Boden für Karrieren. Und das war es immerhin, zumindest im weiblichen Maßstab gesehen, was sie zu verlieren hatte, eine beginnende und schon begonnene Karriere. Und doch konnte von Fallenlassen schon gar keine Rede sein, denn sie liebte bereits und war nicht der Mensch, wegen eines Kalküls einen Anspruch auf Existenz abzutreten.

Daß sie in dem einen Teil ihrer Existenz exzentrisch sein konnte, das hatte sie bewiesen, aber sie konnte auch aufs Ganze gehen, wenn auch nicht ohne Furcht. Was macht eine Frau, wenn sie ledig und lesbisch ist und ihre Berufskarriere verspielt hat? Und dann war das noch nicht einmal das einzige: Ihrer Schwäche für Frauen korrespondierte denn noch eine gesellschaftsbezogenere Schwäche und Anfälligkeit, die für den Sozialismus. Selbst wenn es zunächst eine mehr anarchistische Färbung desselben gewesen war, was sie dazu bewogen hatte, Kontakte aufzunehmen, über alles Establishment hinweg. Seit einiger Zeit arbeitete sie nun schon fast regelmäßig in einigen dieser Gruppen mit, und sie konnte da gar nicht umhin, durch das Management, in dem sie zu Hause war, geschult, das anarchistische Element in Gruppe und Gruppeninhalt zum Gegenstand der Gruppendiskussion zu machen und es soweit wie möglich abzubauen. Und auch das brachte ihr Anfeindungen entgegen, aus eben diesen Gruppen selbst.

Und so zwischen Establishment und Gruppe, zwischen Karriere und Leistungsverweigerung, zwischen schließlich Mann und Frau – denn Imitation der Virilität, zumindest Akzeptation der Virilität war doch bei ihrer Berufswahl mit im Spiel gewesen, wenn auch die Anfälligkeit für Frauen ganz unweigerlich ein Bekenntnis zur Frau mit einschloß –, so zwischen allem stehend, was sich im allgemeinen selbst genügt und keine Not mit dem Balancieren hat, trafen sie Effis Versuche, sie in die Entscheidung zu drängen härter, als selbst ihre Konstitution erwarten und erfolgreich abwenden konnte.

So ließ sie denn Effi zu sich kommen, bis in ihr Arbeitszimmer hinein, und sah ihr vom Sessel aus entgegen, bleicher als selbst Effi zu erscheinen pflegte, zumindest von einer tonloseren Blässe. Und Effi, von vielem bewegt, der Distanz des Raums, der Bewegung, ja Hinfälligkeit der Freundin, der Lust zu verführen und verführt zu werden, konnte sich dann so hinstellen, vor sie hin, und die Mütze vom Haar nehmen und den Kopf senken, daß von ihrem Gesicht nichts mehr zu sehen war.

Gelegentlich blieb es bei solcher Art lautloser kleiner Bewegungen zwischen ihnen beiden, und Effi verließ, wie mit der Freundin ausgesöhnt, nachdenklich den Raum. Aber es konnte auch anders kommen, und Effi griff die Freundin an in Wort und Gebärde: „Ich bin deine Nächte, deine Freude, deine Lust." So etwas konnte Effi sagen, und die Freundin sah ihr müde ins Gesicht. Wenn Effi erpressen wollte, und sie tat es ja schon, sie hatte ihr nichts entgegenzusetzen. Und auch das begründete nicht zuletzt einen tiefen Triumph Effis. So war die Freundin denn also das Wild, das Effi zu jagen ausgegangen war.

Hüte dich, Effi, solche Verhältnisse wie die von Jäger und Wild können umschlagen, und wenn du gehetzt wirst, hast du wenig

Reserven. Aber vielleicht mußte das Effi auch gar nicht erst gesagt werden, war sie doch immerhin selbst Wild genug und der Jäger ganz woanderswo. Und solche Muster wie die von Jäger und Wild hatten auch eigentlich nichts mit ihr gemein, die nur eine große Aufrichtigkeit wollte und eine Probe aufs Exempel. Wo Liebesleid ist, ist eben auch Liebe. Und nur diese Gewißheit wollte Effi, wenngleich auch die ihrer Freundin fast den Hals kostete.

Denn eingestandene und bewiesene Liebe in ministeriellen Amtszimmern führt zur Entlassung, zumindest Versetzung an eine andere Front. Und als dieser Fall eingetreten war und die Freundin in dem neuen Ressort auch nicht so recht Fuß fassen konnte, da ging es mit dieser immer mehr bergab.

Jetzt erst kam die Zeit des eigentlichen Triumphs für Effi. Ein häßlicher Triumph, aber ein wahrer, und deshalb muß davon berichtet werden. Es ist auch die einzige kurze Triumphzeit in Effis Leben, das mag einiges wieder entschuldigen. Effi jedenfalls genoß jetzt, da ihre Freundin noch ganz anders freigesetzt war zu Reisen und Besuchen und Kontaktaufnahmen in anderen Städten neben der Gewißheit der wechselseitigen Bindung und Verbundenheit mit der Freundin zum ersten Mal die Wirkung, die sie auf andere noch fremde Personen machte.

Eine Geschichte dieser Wirkung Effis, vielleicht die dramatischste, passierte während der ersten längeren Reise, beziehungsweise dem ersten Besuch bei der langjährigen Freundin und Lebenspartnerin der Freundin, Ärztin in H.

Beide Freundinnen, durch eine fünfzehnjährige Lebensgemeinschaft verbunden, pflegten sich immer noch, wenn auch jetzt fast ohne Leidenschaft, oder nur noch in Erinnerung daran, dennoch nach wie vor von Zeit zu Zeit wiederzusehen und ein paar Tage miteinander zu bleiben. Dieses Mal also hatte die Freundin bei ihrem Besuch in H. Effi mitgebracht. Und Effi zerstörte nicht nur den Ablauf dieses Wiedersehens der Freundinnen, sondern hatte es bereits eine Stunde nach der Ankunft in H. dahin gebracht, mit der anderen – der Freundin ihrer Freundin – im Bett zu liegen, und diese ihre

Freundin unter deren Augen zu verraten. Und doch ist auch das wieder eine Interpretation, die nicht ganz zutreffend mit Effi verfährt. Denn Effi hatte eigentlich buchstäblich nichts anderes getan, als eben in der Tür zu stehen und, nach Aufforderung, sich irgendwo hinzusetzen, als die Freundin der Freundin Effi auch schon mit dem Blick streifte, freundlich und abschätzend, wie man eben in einer langjährigen Partnerschaft einen neu erworbenen Gegenstand des Partners, den dieser einem vorführt, abschätzt. Und darum handelte es sich ja nun einfach auch. Effi war dazu mitgebracht worden, um abgeschätzt, zumindest begutachtet zu werden. Und da – was soll die Illusion – das Angebot auf diesem Markt rar ist, war die Begutachtung nicht negativ ausgefallen. Dazu war man zu apart und zu offensichtlich neu auf diesem Gebiet, so apart und so unschuldig neu, daß es der Freundin der Freundin mit den Minuten, die sich das Gespräch schleppte, immer weniger gelang, den Blick endgültig abzuwenden. So ließ sie ihn denn einfach ruhen, und Effi biß sich auf die Lippen, um eine kleine oder große Verlegenheit zu bekämpfen, sie hätte das selbst nicht zu unterscheiden gewußt.

Hier jedenfalls, in der Wohnung der Ärztin in H., lag etwas anderes in der Luft, als von Anfang an mit der Freundin in der Luft gelegen hatte, etwas Indirektes wie unter Sportsbrüdern. Und dieser Vergleich, der sich Effi da aufdrängte, hatte seine Entstehung auch mühelos an dem weißen Skipullover der Freundin der Freundin über den langen schmalen Jeans und den Schuhen mit der hellen breiten Kreppsohle gefunden. Und doch war das nicht das einzige, das Effi diesen Vergleich hatte finden lassen. Denn ähnlich waren sie sich, weit ähnlicher, als sich Effi und ihre Freundin waren, wie sie sich da gegenüber lehnten, beide von einer kleinen aufmerksamen Nervosität und mit Körpern, die den Skelettbau des menschlichen Körpers nur so eben überspielten, mit Ansätzen von Fleisch und Brust und Bauch. Und von dem hatte die Freundin der Freundin, Ärztin in H., sogar noch bei weitem weniger als Effi. Größer und schlanker als Effi, mit kurzen Locken, war sie fast wie ein Mann, nur ganz im Unterschied zur Freundin Effis ohne dessen Gehabe, sondern von einer Weichheit und Dunkelheit in Stimme, Geste und Bewegung, daß es fast nur ein Murmeln oder Rauschen war, wenn sie ging und etwas sagte oder in die Hand nahm.

Und wie sie Effi eine Schale Tee hinüberreichte, war Effi so ohnmächtig außerstande, die Tasse zu ergreifen, daß sie es vorzog, sich ganz einfach auf die Couch zurückzulehnen, so daß sie fast ins Liegen kam.

Und da war er wieder, der Sportsgeist der Freundin der Freundin, der die Situation fürs erste rettete: „Ich würde mit dieser deiner Freundin da gern ins Bett gehen, wenn du nichts dagegen hast." So sagte sie zu ihrer langjährigen Partnerin und Freundin. Und diese nickte stumm und wie verwundert. Und da zog sich die Freundin der Freundin, Ärztin in H., auch schon aus, unbekümmert und präzise und ging ins Bad, wohl um sich die Hände zu waschen, was nicht mehr war als eine kleine, fünfzehnjährige Routine und kam zurück und näherte sich Effi und kniete zu ihr hin, auf die Couch, und öffnete ihr das Jackett und die Bluse und legte sehr spröde schmale trockene Lippen auf Effis Brustknospen und wartete, bis sich so ein kleiner Schauer nach dem anderen auf Effis Körper verzogen hatte, und streifte Effi die Schuhe ab und die Hose und den Slip und steckte ihr eine Zigarette an und gab sie ihr in die Hand und legte selbst eine Hand auf das warme und rötliche Schamhaar über Effis Beinen und ließ sie ganz kameradschaftlich da liegen. „Wir wollen uns doch erst kennenlernen", sagte ihr Blick, und ihr Mund: „Du bist also Effi und ich Eva." So einfach war das, und Effi begehrte gar nichts, als daß Effi und Eva sich nur bei der Liebe kennenlernten. Und behutsam, fast diskret, begann von Evas Seite ein Spiel, das sie einander langsam die Köpfe und Hände zuwenden ließ. Bis plötzlich Effi durch ein Stöhnen, das gar keinen körperlichen Grund hatte, die Diskretion zerriß und sich aufrichtete und Eva ins Gesicht sah. Denn, was war das – wo war sie, diese fast hemmungslose Vitalität, die sie an die Freundin Evas, jetzt ihre eigene Freundin, sofort und unbedingt gebunden hatte, diese Lust

an der körperlichen Bewegung selbst. Und doch war sie verführt, als
ob sie vergiftet worden wäre. Und Aug in Auge musterten sie sich,
Effi und Eva, bis ein wechselseitiges Verständnis durchgebrochen
war, ihre eigene Beziehung, die eben anders, nach ihrem eigenen
Gesetz verlief, nicht mit der Sprödigkeit kalter Charaktere, nein
das wohl nicht, aber doch skeptischer, und den gelegentlichen
kleinen unwillkürlichen Aufschrei mit der Zunge gegen den Gaumen
festhaltend, um ihn nicht preiszugeben, beziehungsweise das nicht
preiszugeben, was darunter an Angewiesenheit auf Zusammensein
und Sympathie voll Not nach einem Ausweg suchte.

Und so hatten sie sich denn verstanden und bekundeten es auch
nachher noch eine ganze Weile, indem sie stumm und nackt
nebeneinander liegen blieben und die gemeinsame Freundin,
weiß Gott, vergessen hatten. Soweit war Effi also unschuldig. Es
war ja auch alles offen und ohne jeden Laut des Widerspruchs
von Seiten der Freundin geschehen.

Aber als sie sie dann ansah, auf dem Sessel sitzen sah, mit einem,
ja, aschgrauen Gesicht, da stieg ein Wirbel des Triumphs in Effis
Kopf, tief aus den Zehenspitzen. Aber da warf auch schon die
Freundin den Kopf in den Nacken und ging aus dem Raum.

Da kam Effi zur Besinnung und starrte auf sich und auf Eva und
wie verloren auf ihre Kleidungsstücke, bis sie dann aufstand und
diese vom Boden aufnahm und sich anzog und gleichfalls den
Raum verließ. Und als sie die übrige Wohnung leer fand und kein
Zeichen der Freundin auf Tisch oder Anrichte, da ging sie gleichfalls
stumm und klein und blaß aus dem Haus. Und draußen an der
Alster, da fing sie an zu rennen, wie um ihr Leben zu rennen, und
scheute sich nicht, den Namen der Freundin laut zu rufen.

Ja, das ist sie, die Liebe unter Frauen, viel eigentlicher das als die
Verführung der Finger, Hände und Schöße: das hemmungslose
Sichnachlaufen und Schuldigbekennen und den Verrat Abbitten
und vor einem hart gewordenen Gesicht Abprellen.

Und wie sollte das auch nicht hart geworden sein, bei dieser
Einsamkeit, doppelten Einsamkeit, durch die Distanz zum Mann

und dann die der Kränkung durch die andere Frau.

Effi kam nicht zu spät zur Abbitte, das wohl nicht, aber sie hatte lange Stunden gegen das Gesicht der Freundin anzukämpfen, ein plötzlich altes Gesicht, das solche Dinge wie Partnertausch, und sei das unter Frauen, das macht wohl keinen Unterschied, durch seinen bloßen Ausdruck ein für alle Male verwarf, so degradiert ging das, was nach so etwas von einem übrig blieb, daraus hervor. Und wenn das auch weniger für Effi als für die Freundin zutraf, die die Zustimmung zum Partnertausch, wenn auch nicht ausdrücklich gegeben, so doch nicht verweigert hatte, dieses Gefühl der Degradierung, so hatte selbst Effi eine leichte Übelkeit zu bekämpfen, die kam von ihrer Ungefestigtheit in allem und jedem und nicht zuletzt in allem, was Moral oder, einfacher, menschliche Beziehungen betraf. Aber das Gesicht der Freundin hatte sie gepackt und all ihre kleine, blasierte, vorschnell triumphierende Selbstliebe zerstreut und ihr – wenigstens, was diesen Spätnachmittag am Fluß mit der Freundin betraf – demonstriert, wie tödlich die leichtfertig vergebene Intimität an andere vor den Augen derer, die uns lieben, für diese und vielleicht auch für uns selbst sein kann.

Effi jedenfalls triumphierte nicht mehr, sie kämpfte vielmehr mit zusammengebissenen Zähnen um die Frau, die sie verletzt und gedemütigt hatte, und erlitt in der diesem Nachmittag folgenden Nacht in dem Hotelzimmer, das sie nach alter Gewohnheit zusammen genommen hatten, eine verzweifelte Begierde, die sie krank und schweißnaß nach der Freundin greifen ließ, um von ihr abgewiesen zu werden.

Die Szene

Diese Nacht und die darauffolgenden Tage hätten ein endgültiger Wendepunkt für Effis Leben werden können, wenn die Freundin es abgelehnt hätte, sich wieder mit ihr zu versöhnen. Aber das geschah nicht. Sie versöhnten sich. Und wenn sich darunter doch noch etwas anderes vorbereitet hielt, dann lag das an mancherlei, das unter keinen Umständen immer da vorhanden sein muß, wo Frauen als Freundinnen zusammen sind.

Denn hier galt es, noch einen besonderen Kampf auszufechten, der von der Ungleichheit und Ungleichgewichtigkeit der Lebensumstände der Freundinnen herrührte. Denn schließlich war Effi verheiratet und die Freundin nicht. Und hatte Effi eine Tochter und war mit einem zweiten Kind schwanger und die Freundin kinderlos. So breitete sich unter der Hand, zumindest was die Freundin betraf, etwas anderes vor: eine Frage, eine Anklage schließlich an Effis voller werdende Gestalt und ihren sich wölbenden Bauch. Hatte diese Effi tatsächlich vor, noch einmal zu gebären?

Zwar lag zu diesem Zeitpunkt alles, was den § 218 betraf, noch in der Schwebe. Aber schließlich hatten sie ja beide durch ihre Kontakte zur Bewegung Adressen genug, wenn es irgendwo brannte. Und hier brannte es doch offensichtlich, und noch immer hatte Effi kein Wort darüber für die Freundin gefunden.

Und hier lag in der Tat auch für Effi der wirklich wunde Punkt ihrer Beziehung, weit wunder noch als der, der Effi damals dazu verleitet hatte, der Freundin untreu zu werden. Auch was das betraf, wußte Effi sich nie ganz gefeit – aber das war denn doch etwas, wogegen man sich wappnen und schützen konnte, aber was das andere betraf, die Liebe zu Suse Sommertag Grau und ihrem möglichen kleinen Bruder, da war ein Wall von Unzugänglichkeit in Effi. Denn das war bei allem doch das größte, unglaublichste Wunder, das Effi da mit Gottes und Achims Hilfe produziert hatte und das jetzt lange schon selbst auf zwei Beinen stand und mitten hinein in Effis Herz sagen konnte: „Mama, ich bin dein Kind." Das es in Kauf genommen hatte, Krokodilskind oder Hexenkird zu sein, nur um Effi ihre Verwandtschaft zu beweisen. Ja, Effi wußte, daß den Kampf bloß einer gegen sie anzutreten brauchte, sie von ihrem Kind oder ihr Kind von ihr trennen zu wollen, und sie würde sich mit ihm auf den Berg wagen und in der Festung verschanzen, in die man ihnen nicht mehr folgen würde. Und sie würde durch die Löcher der Festung schießen, das war gewiß. Auch auf die Freundin. Und etwas davon schien die Freundin zu ahnen, wenn sie wieder und wieder nicht über die Lippen brachte, Effi nach ihrem Zustand zu fragen.

Aber mit der fortrückenden Zeit konnte ein fast stierer Ausdruck in den Blick der Freundin kommen und auf Effis Leib hängenbleiben und eine hinterhältige Eifersucht darin aufglimmen, die Effi erschreckte. Eifersucht wohl auf das andere Leben Effis, hinter dem ohnehin etwas obskuren Wald, wo sie wohnte. Und im Kopf der Freundin fing es fast ablesbar an zu arbeiten, eine rastlose Beschäftigung schien da zu Gange, mit dem Mannsbild, dem Mann Effis, und daß von daher ja wohl auch nicht zuletzt – und die Freundin konnte den Kopf nur so ducken – Pfeile zu erwarten wären. Und dann diese anderen Pfeile, die, wenn sie auch für Effi vielleicht Rosen –, so für sie nicht minder Dornenpfele waren: die Kinder Effis, das Geborene und das noch Ungeborene.

Und Spott kroch der Freundin um den Mund wie ein Wurm, wenn sie jetzt des öfteren Effi in ein emanzipatives Gespräch über Mutterschaft oder eigentlicher doch Mutterideologie einzufangen suchte. Aber Effi konnte dann einfach die Hand an die linke Brust legen, als hätte das nun wirklich nichts mit ihr zu tun. Und wie es mit ihr zu tun hatte! Aber noch hoffte sie, den Ausbruch verzögern, verschleppen, vielleicht sogar ersticken zu können.

Doch dann kam der Tag, an dem die Freundin die Hand auf Effis nackten Bauch legte, nur ganz unverbindlich oder, noch schlimmer, um etwas zu ertasten, geradezu lauernd lag sie da, diese Hand auf

Effis Bauch, und Effi stieß sie weg und stellte sich hoch aufatmend gerade hin und sagte es der Freundin ins Gesicht: „Rühr mich nicht an."

So weit war es also gekommen zwischen ihnen und der Ausbruch unvermeidlich. Was dann aber in Kaskaden hochkam von beiden Seiten, dessen hätten sie sich nie versehen, und konnten sie sich auch beide, angesichts der erst kurz zurückliegenden Zeit wirklicher, wenn auch um ein Etwas übertriebener Verbundenheit, gar nicht voll vorstellen. Das sah ja mehr als nach allem anderen nach Haß aus, was sie da aufeinander fühlten. Ein erbarmungsloser Spott jedenfalls prasselte sowohl auf Effi wie auf die Freundin herab. Auf Effi, daß sie so lächerlich sein könne, mit einem runden Bauch an der Seite einer Lesbe zu gehen und sich unter Emanzen herumzutreiben, die ja alle, wenn der Verkehrsunfall passierte, nur daran dächten, es wegmachen zu lassen. Und das war erst die Vorhut. Die schwereren Geschosse wogen schwerer. Und die gingen in die Richtung, daß Effi ja wohl auch nicht im geringsten je in ihrem Leben so etwas wie emanzipiert gewesen wäre. Denn selbstverständlich band noch ein Kind sie um so mehr an Haus und Mann. Und zuletzt, was sie ihr schon immer hatte sagen wollen und nur verschwiegen hatte – was war das wohl für eine Emanzipation, die der Mann bezahlte. Denn daß Effi ausgehalten war, einfach ausgehalten wie jede andere Hausfrau, das war doch wohl einmal klar. Ja – plötzlich war die Freundin nahtlos zur Verbündeten Achims geworden – schlimmer als jede andere Hausfrau, insofern die sich ja wenigstens um Mann und Haus bekümmert und darin aufgeht, wo Effi nur parasitär durchs Leben streifte.

Und als Effi das alles, bleich auf die Freundin blickend, eine Weile hatte verhallen lassen, raffte sie sich zusammen und suchte ihre Geschosse. Daß die Freundin in alledem eben nur ihre grenzenlose Borniertheit und Einseitigkeit entlarve, das zum einen, und zum anderen einfach ihre Eifersucht auf sie, Effi, und ihr Leben, wovon sie eben ausgeschlossen sei. Ja, was das wohl für eine Farce von einer Frau wäre, so eine mannlose, kinderlose, ohne Heim und

Bodenständigkeit, und was sie, Effi, immer schon gedacht hätte und es ihr nur nicht hätte sagen wollen, sie wäre wohl unfruchtbar oder aber – und Effi zog die Brauen zusammen – von einer geistigen Beschränktheit, die die Benachteiligung der Natur, wie es Unfruchtbarkeit für die Frau wäre, noch in den Schatten stellte. Denn wie man sich absichtlich nur auf ein Geschlecht einstellen könne, das sei doch wohl nicht zu begreifen. Oder – und hier holte Effi zum Triumph aus – man sei eben direktzu homosexuell. Und das sei, wenn nicht sogar unsozial, zumindest eine Krankheit und müsse dann eben vom Facharzt behandelt werden. Und was das von ihr da Vorgebrachte beträfe, wenn Achim nun einmal das Geld hätte, um sie davon mitzuernähren, und außerdem sowieso nicht von seiner Arbeit ließe und sie auch noch nie gebeten hätte, sich selbst nach so etwas wie einer Arbeit umzusehen, warum solle sie dann etwas so Überflüssiges tun. Das wäre doch wohl lachhaft, so etwas wie Emanzipation daran messen zu wollen, ob sie mitverdiene, gleichgültig, ob es gebraucht würde oder nicht. Sie, Effi, habe jedenfalls ihre eigenen Ansichten und handele danach, und das sei immer ihres Wissens ein Beweis von Emanzipation gewesen.

Als auch das in dem Zimmer der Freundin, in dem sich die beiden gegenüber saßen, verhallt oder eher doch verzittert war, hatten sie sich eine Weile nichts mehr zu sagen, bis die Freundin aufstand und in kaltruhigem Ton sagte, daß Effi ja dann gehen könne, sie habe aus alledem nur das eine bestätigt bekommen, dessen sie jetzt ganz sicher sei, daß Effi eine kleine kleinbürgerliche Gans sei, die an die Bedeutung marginaler Existenzen, wie sie das sei, eben überhaupt nicht heranreichen könne. So ein Durchschnittskopf wie Effi habe eben auch nur einen Durchschnittsschoß, und der wolle geschwängert werden. Und um nur recht fleißig ‚Summ, summ, summ, Bienchen summ herum' singen zu können, gingen dann, ohne mit der Wimper zu zucken, bei so einer wie Effi wertvolle Jahre für die emanzipatorische gesellschaftspolitische Arbeit verloren, von Berufstätigkeit einmal ganz zu schweigen. Und da sich diesmal

Effi in ihrem Stolz noch mehr getroffen fühlte, warf sie nur so einen Blick auf die Freundin, von oben bis unten, und sagte zu ihr, marginal, allerdings, das sei sie wohl gewiß, in der Erscheinung und auch sonst. Und richtete sich hoch auf, das Samtjackett lose über den Schultern, und ging so von der Freundin weg.

Doch ging Effi buchstäblich ratlos aus dem Haus der Freundin. Denn sollte sie jetzt wirklich so nach Hause gehen, ohne irgendeine Alternative, und da gebären und summ summ singen, wie es die Freundin prophezeite? Das war das eine und senkte eine große Verzagtheit auf Effis Person. Aber bald darauf regte sich noch etwas anderes in Effi, und das kam ihr vor wie das Gewissen:

Die Angriffe der Freundin, so hart sie sie getroffen hatten, waren fairer gewesen als ihre eigenen. Das war es doch auch gar nicht gewesen, was sie, Effi, eigentlich hatte sagen wollen. Ja, sie hatte – und Effi kaute auf ihrer Lippe – hier tatsächlich so ähnlich wie unterhalb der Gürtellinie argumentiert. Denn wenn die Freundin auch ihr, Effis, Gehabe und Betragen und ihre Emanzipation in Frage gestellt hatte, so doch irgendwo immer noch nicht Effi selbst, nur die Rolle, an der sie festhalten wollte.

Und Effi hatte doch viel mehr und fast ausschließlich die Person der Freundin selber getroffen, zumindest treffen wollen, die Person bis in ihre Erscheinung hinein. Und wenn sie sich so ganz kritisch befragte, dann war es bei allem Grauen davor ihr doch nicht so ganz unverständlich, eine nun eben exzentrische und marginale Person zu sein oder sein zu müssen. O, sie wußte gut, wie es war, wenn man ganz ausschließlich wild auf etwas, und dann nur auf eben das, war. Sie hatte vielleicht ganz einfach weniger Mut dazu, sich auf etwas Einseitiges und Bestimmtes einzulassen, zum Beispiel, was sie der Freundin vorgeworfen hatte, nur auf Frauen eben. Denn das hätte ja über kurz oder lang auch einen ganz anderen Lebensplan herausgefordert, eben einen auch ökonomisch selbständigen. Und wie sie in sich hineinhörte, wußte sie, daß sie das nicht tun würde, mit einem Wort, arbeiten, um sich selbst zu erhalten, bloß um das Spiel mit dem Überleben aufzunehmen.

O nein, Effi täte das nicht. Und da, in diesem Nicht, erkannte sie plötzlich ihre eigene, die ihr gemäße Exzentrik, Radikalität, Marginalität, oder wie man das nennen soll. Dafür stand es ihr nicht, das Leben, für Arbeit oder einfach Reproduktion. Wenn sie es nicht umsonst haben konnte, das Leben, oder was für sie dasselbe war, das Glück, dann wollte sie es auch nicht erarbeiten. Denn das nannte Effi nicht Arbeit, was sie so einfach nebenher verrichtete, wenngleich sie sich dabei auch anstrengen konnte, aber es mußte immer einen Sinn mehr haben als den, der Effi eigentlich noch nie in den Sinn gekommen war, den des Lebens-unterhalts.

Und wenn da Effi auch noch leichtes Reden hatte, insofern sie zu diesem Zeitpunkt noch versorgt war, durch Achim versorgt, was ja eben die Freundin nicht war, so wußte sie doch schon jetzt und besiegelte es sich wie zum Schwur, daß sie es auch, falls diese Versorgung einmal nicht mehr sein sollte, darauf ankommen lassen und sich nicht mehr um sich und ihren Lebensunterhalt kümmern würde als bisher, oder doch kaum mehr und jedenfalls nicht mit etwas, was so war, wie fast alle Berufe, die sie kannte und die ihr alle gleich grauenhaft erschienen.

Und diese Genugtuung, die Effi aus dieser Erkenntnis zog, daß sie das eben nicht tun würde, so einen Beruf ergreifen, verschwisterte sie wieder merkwürdig neu mit der Freundin, die in gleichem Maße ihre Konsequenzen gezogen hatte, wenn auch nicht im gleichen Bereich. Jedenfalls, eine kleinbürgerliche Gans, das war Effi nicht, sie würde Achim nicht halten, wenn er gehen wollte, und nicht widersprechen, wenn er sie selbst zum Gehen auffordern würde. Sie würde weder bitten noch lügen, wenn es zur Aussprache käme, allerdings sich dann auch nicht selbst ernähren, aber wen ging das etwas an als sie selbst doch zuguterletzt. Und dieses Wissen über sich tröstete Effi und machte sie frei und offen für anderes, denn ihr Fall schien ihr jetzt klar.

So ging sie zum Haus der Freundin zurück, um zu retten, was noch zu retten war. Allerdings hatte sie, wie sie die Treppe hinaufst eg bis an die Wohnung der Freundin, noch etwas in der Hinterhand, das ihr Herz ihr auch nicht preiszugeben riet: das Ungeborene, um dessentwillen letztlich dieser ganze Streit zwischen ihnen ausgebrochen war.

Und wie sie die Freundin im Türrahmen sah und ihr in das Zimmer zurück folgte, in dem noch die leeren Stühle einander gegenüberstanden, da erriet Effi, schneller als den Bruchteil der Sekunde, den die Freundin dazu brauchte, einen Gegenstand vom Bord zu nehmen, einen massiven, türkischen, ein Erinnerungsstück von einer Reise, die sie vor einigen Jahren unternommen hatte, daß es jetzt so hart auf hart gehen würde, wie es in ihrem Leben noch nie gegangen war, und duckte sich, und der Gegenstand flog über sie weg und zerstörte irgend etwas anderes. Als auch davon der Lärm verhallt und die Freundin mit einem linkisch vorgestellten Bein auf sie zukam, wie um sie jetzt zum Stolpern zu bringen, da schlug Effi die Hände vors Gesicht und brach in lautes Weinen aus. Und die Freundin verharrte wie hypnothisiert vor diesem Laut, der so menschlich war wie eben ihrer beider Geschichte oder Tragödie.

Und nach einer Weile, als Effi auf ihrem Stuhl zurückgesunken war, mit einer Hand ihren hochgewölbten Bauch bedeckend, da kniete die Freundin neben sie hin und suchte ihr Gesicht. Und Effi überwand sich und sah in das der Freundin, ein entstelltes Gesicht zwischen Verkrampfung und bettelnder Hingabe, und zuckte zurück und sah aufs neue in es hinein, denn darauf schien das einen Anspruch zu haben, so lauernd und auch wieder voll gläubiger Resignation – oder war es Triumph – war es auf sie gerichtet und erwartete Antwort.

Es war nicht leicht für Effi, in dieses Gesicht der Freundin hinein zu antworten, nicht leicht gemacht von der Freundin, ganz bewußt nicht, und Effi zitterte sogar etwas auf ihrem Stuhl vor Grauen, nicht Angst, sondern Grauen, denn da hatte die Freundin es ihr also wieder einmal bewiesen, daß sie im Notfall eher und vor allem ganz anders rückhaltlos die Grenze überschreiten konnte als Effi.

Und erst ganz zuletzt, als sie sich dessen voll bewußt geworden, da lähmte sie die Angst und lähmte sie lange Minuten jedenfalls, bis sie sich erinnerte und sich erhob, den Nacken vorgestreckt und die Arme zurückgestreckt, und so, gebeugt, mit dem Kopf und dem herunterhängenden Haar den Bauch fast verdeckend, rückwärts aus dem Raum entwich.

Draußen lief sie wie um ihr Leben, nein, nicht eigentlich ihr Leben, aber das ihres eigenen und aller Ungeborenen dieser Welt.

Solche Urteile jedenfalls wie die über den Paragraph 218 und alles, was damit zusammenhing, würde sie nicht fällen wollen. Was sollte denn das für eine Welt werden, in der die Kinder schon im Bauch ihrer Mütter ihres Lebens nicht mehr sicher sein dürfen. Das Grauen jedenfalls, das Effi vor allem Unwiderruflichen allzeit hatte und in Anklang zu bringen gesucht hatte, hatte jetzt einen Griff nach ihrer eigenen Kehle und der – was gleich wog – ihres Kindes getan, und ihr demonstriert, daß, sollte da irgendwo je eine Absicht im menschlichen Herzen nisten, oder sogar eine ausgesprochene Begierde, über sich oder andere hinwegzuschreiten, dies sich für sie, Effi, und ihre Konstitution ein für alle Mal verböte. Da sie aber immer alles erst buchstäblich erfahren mußte, um ein Urteil zu haben, war sie jetzt, wo sie, was dies Letzte betraf, ihre Erfahrung und ihr Urteil hatte, auch schon fast wieder darüber hinaus. Das Grauen jedenfalls fiel vo ihr ab und machte einer erneuten Gewißheit Platz, so wie das eben – vor langer Zeit – vor einem Intervall von vielleicht zwei Stunden der Fall gewesen war, wo es noch darum gegangen war, der Freundin ihre Attacken zu verzeihen und sich selbst schlimmerer zu bezichtigen, um dann beinahe bis auf den Tod von dieser verletzt zu werden.

So ging Effi denn zum zweiten Mal an diesem Tag zu Haus und Wohnung der Freundin zurück. Nicht, um zu verzeihen, so einfach konnte Effi nicht denken, viel eher im Wissen des Unverzeihbaren daran, des objektiv Unverzeihbaren daran, denn was Effi persönlich betraf, hatte sie schon verziehen. Und daß es die Freundin sich je würde selbst verzeihen können, das glaubte sie nicht. Aber Effi nahm wenigstens allen Mut zusammen, um ihr und ihnen beiden den Rückweg zu erleichtern, den Rückweg ins Leben, wie sich Effi sagte, als sie durch die Straßen zurücklief und hochaufatmend vor Haus und Tür der Wohnung der Freundin ankam. Als diese nicht öffnete, da schlug das Feuer, mit dem Effi auf die Freundin zugehen wollte, nach innen und qualmte da voll nagender Sorge, bis sie sich entschloß und die Hand erhob und das Fensterquadrat in der oberen Türhälfte einschlug und sich am Rahmen, in dem das Fenster gesessen, hochzog, sich dabei mit den Füßen an dem etwas vorspringenden unteren Türbord abstützend. So bekam sie, über den offenen Rahmen geduckt, einen Einblick in die Wohnung der Freundin und ließ sich innen hinab.

Die Freundin saß nur ganz einfach am Tisch, an dem sie beide gesessen, und sah ihr entgegen. Und Effi ahnte etwas von dem Vorsprung, den Menschen, die sich immer und überall anderen hingeben und aus der Hand geben können, vor denen haben, die damit Schwierigkeiten haben und in deren Wesen gleichzeitig damit etwas Unfreies, Lauerndes kommt. Und ging auf sie zu.

Und so sühnte Effi, wie sie auf die Freundin zuging, ihren häßlichen kleinen Triumph, mit dem sie es der Freundin hatte entgehen lassen, daß diese kein Haus, keinen Mann und keine Kinder besaß, was doch zuletzt und unterstietzt den Streit und die Not und den Haß hatte zum Ausbruch kommen lassen müssen.

Denn das und nur das hatte sie der Freundin auf deren Hinhaltungen hin erwidern können, ihren Privatbesitz an Geborgenheit und Glück, ja Überfluß, und sie hatte hämisch dabei in Wunden gestochert, die ihr jedenfalls nun einmal als Wunden erschienen, unfruchtbar sein zu müssen oder pervertiert oder eben ganz einfach sonstwie extrem und marginal. Ja, Effi war weit schlimmer als eine kleinbürgerliche Gans. Sie benutzte den kleinbürgerlichen oder eher mittelbürgerlichen Rahmen, um damit verletzen zu können. So hatten sie also beide ihre Schuld, und Effi war voll Reue.

Und da die Freundin ihrerseits auch inzwischen Prozesse durchlaufen hatte, solche der Einsicht und Erkenntnis von Schuld und Hoffnung auf Reue und Umkehr, da streckte auch sie ihr die Arme entgegen und beide blieben so eine ganze Zeit, eng umschlungen und ohne Waffen, geistige und dingfeste.

Und Gott, der es ja ausdrücklich und ausschließlich mit der Schuldfrage zu tun hat, konnte darüber nachdenken, wie so etwas nun einzuordnen war, so ein Ausbruch von zwei Frauen im 20. Jahrhundert, die jede mit einem anderen Teil der weiblichen Rolle nach patriarchalischem Diktat voreinander großgetan und Emanzipation dabei beschworen hatten. Wenn er selbst nicht vorbelastet wäre – von Geschlechts wegen –, hätte er sie eigentlich beide frei von Schuld sprechen und den Schuldigen ganz woanders suchen müssen. Aber da man das nicht verlangen kann, müssen Frauen eben einen Gott von ihrem eigenen Geschlecht haben und anrufen, für ihre besondere Not, nicht einmal eine authentische Schuld haben und verantworten dürfen.

Denn an unser Leid, alles nur abgeleitet erfahren und verteidigen zu können, kommt kein Leid heran. So werfen wir den Zwist einander wechselseitig und immer neu in unsere Busen und imitieren hier und imitieren da und sitzen doch mitten im Feuer, ganz allein und stumm, und suchen jedem neuen Hexenbrand zu trotzen und – da wir letzten Endes doch unfähig sind zur Verstellung – rufen uns wechselseitig zurück, wenn wir eine die andere verraten haben, die Mutter die Tochter, die Schwester die Schwester, die Freundin die Freundin, die Geliebte die Geliebte. Denn so unmittelbar und nah ist sich nichts auf der Welt wie Frauen.

Und so laßt uns denn auch den Schleier, das Gespinst, den hauch-hauchleichten Stoff über die Liebenden dieser Geschichte senken. Sie müssen sich ausruhen und dabei einander das Wiegenband halten. Und da sie den Weg zurück in den Schoß natürlich doch nicht finden und mehr begehen können, müssen sie sich an den wechselseitigen Schlaf miteinander halten, um vielleicht eines Tages doch die Lösung zu finden: die eigene Lebendigkeit, die eigene Regie, das Spiel auf der Welt und mit der Welt und über die Welt weg, auf die Stummheit zu, wo sie wieder Materie sind

und den Schoß öffnen, zu neuem Leben, ganz gleich mit welchem
Gesicht und ganz gewiß welchen Geschlechts. Kreatur – soeben
aus dem Schoß geworfen – ist sich gleich, und erinnert uns an
das Beste, was das Leben zu vergeben hat: die Angewiesenheit.
Denn wenn dies aus ist, ist eben buchstäblich alles aus und Existenz
an ihr Ende gekommen. Im Tod spricht nichts mehr zueinander
oder gegeneinander, weshalb wir als Mütter auch so viel gegen ihn
angesungen haben – zumal es noch so wenig hygienisch vernünftige
Maßnahmen gegen ihn gab –, denn wenn ihr nicht lebtet, bei Gott,
was hättet ihr dann.

Der Mut der Verzweiflung

Die Zeit, die Effi jetzt durchmachte, war in allem, was sie tat, durch einen besonderen Mut der Verzweiflung gekennzeichnet, dem sie sich, ob sie wollte oder nicht, nicht mehr entziehen konnte und eben zuletzt dann auch gar nicht mehr entziehen wollte.

Mit genauer Not einem Anschlag auf ihr Leben entgangen, so oder so ähnlich war es doch zu benennen, was ihr unter der Hand ihrer Freundin begegnet war, konnte ihr der Hals gelegentlich ganz trocken stehen und das Herz ganz fühllos sein, nur ihr Puls hämmerte fein und gleichmäßig. Aber er konnte gelegentlich auch so jagen, daß Effi eine große Unruhe überkam. Sie hatte jedenfalls ihre Waldgänge wieder aufgenommen und suchte sich damit Bewegung zu schaffen und konnte auch nach dem Himmel aufsehen, ob der nicht vielleicht bald wieder so ein Tauwetter schicken wolle wie das, in dem sie vor ihrer ersten Niederkunft herumgelaufen.

War es doch immerhin inzwischen Februar geworden, und hier und da schien es Effi, als ob sie schon einen Krokuskopf hätte auflugen sehen. Und Suse Sommertag Grau konnte ihr mit so lustigen Augen auf den Bauch sehen. O, wenn sich jetzt doch alles gewendet hätte! Effi badete und duschte sich viel in dieser Zeit und ließ sich das Wasser aus der Brause auf den Nacken prasseln, daß es eine Lust war. Und mit dem Insassen in ihrem Bauch hielt sie lange Zwiegespräche, bis diese abbrachen, weil ein ganz bitterliches Schluchzen sie überfiel.

Denn nicht nur das, was wir buchstäblich selbst verschulden, auch das, was uns geschieht, drückt uns sein Zeichen auf. So zeichnet es uns auch, wenn wir ohne unser Verschulden von anderen begehrt und falsch begehrt werden. Ja, so ein falsches Begehren von woanders aus nagt an uns und nimmt uns unseren Glanz und macht uns stumpf und müde und – wie man es auch dreht – mitschuldig.

Und so hatte eben auch das zuletzt mörderische Begehren der Freundin auf Effi seinen Schatten geworfen. Denn selbstverständlich war es jetzt nur noch ein Reiz mehr, in die hochgelegene Wohnung der Freundin zu gehen, Auge in Auge mit der Möglichkeit einer Gefahr, die so plötzlich unter der Umarmung aufblitzen konnte, daß man darauf unter Umständen eben nicht mehr reagieren konnte oder vielleicht sogar in irgendeiner Stunde auch gar nicht mehr wollte. Am Grunde von Effis Seele bildete bereits eine große Müdigkeit kleine Teiche und lud sie ein, darauf – auf einer Wasserrose selbstverständlich – mit der Freundin ganz einfach im Kreis zu treiben.

Und doch, wenn sie die kräftigen Kindsstöße in ihrem Bauch und an ihre Bauchdecke klopfen hörte, dann überfiel sie der Hunger nach allen Veilchen dieses Frühjahrs und böigem, patschnassem Wind. Was sollte wohl auch ihr Sohn – denn daß es einer war, das schien ihr gewiß – in ihrem Bauch von ihr denken, daß sie so träge war. Und dann sprang Effi auf, immer noch leicht für das Gewicht, das sie trug, und lief mit Herzklopfen nach Hause zu.

Aber nicht zu Achim zog es sie, der schmal und kräftig, hoch aufgeschossen mit ganz kurzem Haar, jetzt wohl durch sein Arbeitszimmer ging, um es mit festen Schritten, halb memorierend, halb dozierend, zu durchmessen und sich dabei auf sein Seminar vorzubereiten. Nicht zu Achim, dessen Arm sie nicht mehr in Anspruch zu nehmen wagte und noch weit weniger den von ihm bereiteten heißen Kamillentee.

In diese Richtung, in alles, was Achim betraf, und Achim und sie, da war ja bereits ein Berg im Gange, Schichten anzusetzen, und da noch mit bloßen Händen einen Tunnel graben zu wollen, schien ihr ein Unding und eine Unmöglichkeit. Da hätte schon er, Achim, am anderen Ende des zu bauenden Tunnels stehen und den Anfang machen und ihr zugraben müssen.

Ach, ihr Männer, was könnt ihr euch so beispiellos versteifen und auf euch bestehen, oder was ihr dafür haltet. Ihr wißt es nun doch einmal, daß ihr recht behaltet, schon grundsätzlich, also laßt es doch gehen. Und geht mit uns und verbündet euch mit uns und seht zu, wo wir den Fuß hinsetzen, und haltet uns gut, denn so leicht wir gleiten und abstürzen könnten, so kann es auch sein, wir finden etwas auf unseren Gängen für euch mit, geradezu für euch und uns.

Denn das Dunkel und die Helligkeit, die gehören zusammen. Und wenn wir aus dem Dunkel, Walddunkel oder anderem, wieder auftauchen, wißt doch, wir siebten da unten unsere Seele. Die Sonne, die sich durch die Zweige hindurch auf den Waldboden behauptet, kennt uns besser.

Die schattenlose Helle, in der ihr euch befindet, euer Starrsinn, eure Widerspruchsfeindlichkeit, was glaubt ihr denn, warum es nicht nur einen Geist, sondern auch eine Natur gibt. Um euch beizustehen, wenn ihr widerlegt seid. Denn in Wahrheit ist unsere allen Widersprüchen aufgetane Seele die kundigere Seele. Doch wie hätte eine Effi einem Achim das erklären sollen, selbst wenn es ihr bewußter gewesen wäre, als es ihr eben buchstäblich war, und daß sie sehr wohl einen Fuß in diese Welt setzen mußte, nennt sie männliche Welt, oder männliches Weltbewußtsein. Auch das ist eine Form, euch nachzufolgen, um euch besser zurückrufen zu können.

Effi jedenfalls hat zu diesem Zeitpunkt bereits verstanden, daß in dieser eurer Welt die Überschreiter schnell bei der Hand sind, selbst wenn sie sich als Frauen verkleiden, und hat sich bereits mit dem Ungeborenen gegen sie verbündet, auch wenn sie, um diesen Bund eingehen zu können, einen recht weiten Weg von Achim und ihnen beiden weggegangen war. Aber noch war der Zeitpunkt zu solchem Geständnis und damit zu der eigentlichen und allerersten und notwendigen Auseinandersetzung zwischen ihnen beiden nicht gekommen. Erst mußte das Kind geboren werden, denn geboren mußte und sollte es nun einmal werden, und nichts sollte das zuguterletzt vereiteln dürfen, keine Freundin und kein Mann.

So zog es Effi denn zu Suse Sommertag Grau, die keine Fragen stellte und jedenfalls keine Drohungen aussprach und so vernünftig war, daß man es fast wagen konnte, sie nach alle dem zu fragen. Sicher hätte Suse Sommertag Grau gesagt: „Das ist mein Kind, Mama, was du da in deinem Bauch hast, und ich bin seine Mama." Und sie hätte auch so gehandelt.

Suse Sommertag Grau konnte so vieles stillschweigend ordnen, und das mit dem kleinen Bruder, das würde gar keine Schwierigkeiten machen. Sie würde ihn eben spazieren fahren und dazu singen und mit dem Finger auf die Schwalben in der Luft zeigen.

Und Effi legte ihren Kopf auf Suse Sommertag Graus angezogene Beine, und als ihr ganzer Körper fast gleichmäßig zitterte, spielte Suse Sommertag Grau mit ihrem Haar und setzte ganz vorsichtig eine kleine Kröte, die neben ihnen auf dem Weg lief, in Effis Haar hinein.

So war auch diese Zwiesprache zwischen Mutter und Tochter fast wortlos schon getan. Als Effi sich aufrichtete und Suse zu sich auf den Schoß nahm und herzte und küßte, wie das ja auch das Selbstverständlichere ist, zwischen Mutter und Kind, wurde Suse auch ganz schnell und unvernünftig wieder das Schwesterchen, das gemeinsam mit der Mama auf den kleinen Bruder wartete und von aller Verantwortung im Allgemeinen und erst recht im ganz Besonderen so weit entfernt war wie eben ein Kind.

Dann tollten sie beide durch den Wald vor ihrem Haus, bis sie an das Gartentor kamen und Suse den Schlüssel aus der Tasche in ihrem Kleid zog und in das Schloß steckte und aufschloß. Und flugs mit gewaschenen Händen an einen schon lange gedeckten Tisch, mit einem Achim, der schon fast mit der Mahlzeit zu Ende, und zum Weggehen bereit war, die Serviette noch so eben lose auf den Knien. Und wie Effi sich halb über den Tisch neigte, um schnell mit der Wange den Kuß entgegenzunehmen, Achims gewohnten Kuß zu Abschied und Begrüßung, da kam auch schon die Suppe und blies Effi und Suse den Dampf ins Gesicht.

Und nachher, mit gefalteten Händen, denn Suse betete, wie man

weiß, sehr gewissenhaft und mit fußlangem Batisthemd, und der
Mond so ganz rundheraus an der Fensterscheibe, wenn ihr das
nicht mehr wißt – es ist das Paradies, so oder auch ein bißchen
anders, und wenn ihr es hattet, dann war es immer ein bißchen
so. Effi jedenfalls harrte noch lange, als sie dann allein im Haus,
nur mit der schlafenden Suse, verblieben war, unten am Tisch aus
und harrte so inbrünstig auf einen Fingerzeig, wie das nun werden
und wie sich das wenden könnte, daß es Nacht darüber wurde.
Denn wie das werden und sich alles finden würde, das wußte
sie nicht. Sie und die Freundin verbrachten jetzt regelmäßig drei
Abende in der Woche in Frauengruppen. Die Auseinandersetzung
jedenfalls, die Effi mit der Freundin durchgestanden hatte, brach
hier erneut wieder auf und riß dann nicht mehr ab, nur daß sie
jetzt von anderen aufgenommen und geführt wurde. Doch da diese
in keiner Beziehung zu Effi standen, die mit jener der Freundin zu
ihr vergleichbar war, wurde die Diskussion eben so kalt geführt,
als handelte es sich um ein Rechenexempel, und dabei ging es
doch um Effis ganze Existenz. Denn die Frauen, die da in Gruppen
zusammenarbeiteten, benutzten eben den einzelnen Fall nur, um
etwas Allgemeines daran zu analysieren. Und das ist an sich schon
richtig so. Nur, daß der einzelne Fall hier aus ihrer Mitte kam und
in ihrer Mitte saß, das wurde ganz übersehen, und so entstand
denn oft eine ganz irreale Stimmung in der Frauengruppe, als
säße da bereits ein Skelett unter ihnen, eben das Resultat des
analysierten Gruppenvorgangs. Und wenn da ein so seziertes
Opfer nicht doch aus sich selbst heraus genügend Kraft hat, um
so einen unmenschlich wissenschaftlich ablaufenden Vorgang
durchzuhalten, kann es passieren, daß es ganz einfach in der
Gruppe, trotz der Gruppe und vor der Gruppe zusammenbricht.
Sicher war Effis Fall exemplarisch. Und da er das war, war sie auch
wahrheitsliebend genug, der Gruppenanalyse nichts vorzuenthalten,
was als Hinweis fruchtbar sein konnte, war sie doch auch selbst auf
eine Lösung viel zu begierig. Aber da war auch eine Zurückhaltung,
fast etwas wie eine Scham, so von sich reden zu sollen, vor den

anderen, die sich durchaus nicht wie Schwestern begreifen zu wollen schienen. Und zu einem Tribunal, dachte Effi, hatten die doch wohl kein Recht.

Das bestand ja längst in ihrer eigenen Brust und klagte an und verteidigte, daß das, was in der Gruppe um sie herum laut wurde, nur ganz matt dagegen war. Sicher verkörperte sie, wie sie da saß, hochschwanger und uneinsichtig, als es noch Zeit war, und sogar jetzt noch ganz uneinsichtig eigensinnig, die Frau, wie sie immer war. Und doch gab es Momente in ihr, daran konnte die Gruppenarbeit anknüpfen, Momente von bewiesener Einsicht und Freiheit von Rollenzwängen und anderem.

Und so sagten sie denn zu ihr: „Wenn du doch a… und b…, dann folgt doch zwingend c…, und du kannst nicht mehr d…, und du mußt endlich e…" Alles, was Effi so hörte, lief dann eben ganz zwingend und konsequent auf eine Alternative hin, eine Entscheidung für etwas und gegen etwas anderes. Und sie war ja auch buchstäblich außerstande, mit Frauen Umgang zu haben, die sich nicht selbst eine Frage geworden waren. Aber warum mußte dabei gleichzeitig auf so viel Konsequenz und immer wieder Konsequenz bestanden werden? Konnte sie denn nicht ebenso gut Frauen wie Männer wie Kinder lieben?

„Sicher, aber während der Kampfphase der Bewegung", konnte ihr dann entgegnet werden, „können wir solche Bedürfnisse nicht befriedigen. Die homosexuelle Frauenaktion ist gerade dabei, sich gesund zu schrumpfen, und bei uns kannst du ja auch mitmachen. Du weißt, wir zwingen hier niemandem etwas auf, und bei unserem letzten Frauentreffen haben wir schon das dritte Frauenpaar aus unseren Reihen begossen."

Aber da war Effi das ganze schon zu bunt, und sie erklärte es ihnen ins Gesicht hinein, daß kein Standpunkt, welcher es auch sei, jemals bei ihr gegen das aufkommen könne, was das Leben selbst bringe. Und daß sie darauf bestünde, die Augen geschlossen zu halten, bis es sie dahin geführt hätte, wohin es sie eben führen wolle. Und daß Frauen, die anderen Frauen ein solches Ansinnen zumuten wollen wie das, sich von Kind und Mann zu trennen, um nichts als eines Standpunkts willen, nicht die Frauen wären, die sie suchte. Es werde ihr jetzt überhaupt erst bewußt, wie kalt es hier sei, und das, obwohl sie alle da seien. Sie habe geträumt, Frauen könnten einander helfen, Wall um Wall, der sie vom Mann trennt, zu übersteigen. Sie wisse sehr wohl, daß es gelegentlich das einfachste sein könne, allein durch die kleine Seitentür ins Herz des Mannes einzudringen. Andererseits liege auch da, zumindest auf dem Grund des männlichen Herzens, eine Kälte besonderer Art, sie nenne sie die Kälte des Geschlechts oder besser der Begierde, die immer auf dem Sprung sei, sich dazwischen zu stellen, zwischen die Geschichte von Mann und Frau, die doch endlich anfangen müsse. Sie, Effi, habe jedenfalls mit Achim immer ein ganz bodenloses Gefühl gehabt. Und dann sei sie eben alleine gegangen, immer weiter von ihm fort, aber eigentlich wolle sie nur zu ihm zurück, so zurück, wie sie nie bei ihm gewesen sei.

Und was sie der Freundin und ihnen allen vorwerfe, sei eben, daß sie ihr den Blick nach zurück verstellen wollten und sich eigenmächtig dazwischen stellten. Und das sei ein Verrat an ihr, sehr wohl ein Verrat. Und wie sie diese Erklärung abgegeben hatte, setzte sich Effi wieder hin und nahm sich vor, das ihren Schwestern noch auf eine besondere Weise nahezubringen: das mit Kind und Mann, denn anders wäre Effi eben nicht Effi gewesen.

Die Harlekinade

Und an einem Tag im Frühherbst war es soweit und Effi in den letzten Tagen ihres neunten Monats. Auf einer schon fast entlaubten Straße ging Effi als Harlekin mit Hut und Halskrause und losem Kittel über dem Bauch, als ob der gar nicht da wäre – passender jedenfalls kann eine Umstandsmode gar nicht sein – zu einem Frauenfest. Der Himmel war blau, die Wolken waren klein und die ersten Herbststürme schon gemeldet, und Effi hatte, so wie sie da ging und stand und in die Luft hineinhorchte, ihr Geschlecht bereits verloren. Ein vorschriftsgemäßer Harlekin. Nicht, daß das Effi schwer gefallen wäre, war sie doch eigentlich buchstäblich immer schon etwas dazwischen gewesen, zwischen den Geschlechtern und deren geschlechtsbezogenen Ängsten, Ambitionen und Möglichkeiten. Aber die Zeit, in der ihr das mehr als eine große Verwirrung erschienen war, die so oder so aufgelöst werden mußte und in eine Entscheidung drängte, lag hinter ihr. Ja, eine Zeitlang hatte es durchaus so geschienen, als ob ebenso gut eine Tragödie daraus werden könnte.

Denn die Welt, so wie sie eingerichtet ist und ihre Normen als Bastionen in eine leere Landschaft setzt, hat wenig Sinn für solche, die ihr Geschlecht nicht finden, oder ihre Schicht oder Klasse. Dazu sind die Bastionen ja da, denen nachhelfen zu wollen, die da noch irgendwelche Zweifel haben und zögernd an der Wegscheide stehen. Effi hatte diese kleinen Hügel überall in der Landschaft sehr wohl gesehen, und es war ihr des öfteren so vorgekommen, als ob sich schwarze Wolken über sie lagerten und zusammenballten und nur darauf warteten, einen Blitz dahin zu schleudern, wo Effi noch zögernd und unentschieden stand. Ja, ihr freies Feld, vogelfreies Feld schienen sie Effi nicht gönnen zu wollen und entsandten allerlei Boten, die dann an ihr vorbei zu sausen hatten, ein ganzes Mittelalter Spuk und Graus und Folter. Die heilige

Inquisition und die brennenden Hexen, auch die zwischen Rossen gevierteilten Aristokraten des französischen Bürgeraufstands und die kettenlangen Ahnenregister, die sich in die Köpfe der Henker schrieben, wenn die nachts nicht schlafen konnte, bei so viel Blut und rollendem Kopf und sekundenschnell weiß werdendem Haar, dann die braunen Kolonnen, Hakenkreuz hier, gelber Stern da, Vögel mit umgedrehtem Hals und gebrochenen Flügeln an den Scheiben von Wohnhäusern und Synagogen, erste kurze Signale eines neuen Reichs.

O – laßt Effi doch ihr Grauen, das sie euch umgehen heißt, indem sie euch das freie Feld vorzieht, und laßt sie mit Blitzen nur so schwanger gehen. Effi ist selbst schwanger, und in der langen Schwangerschaft die eine Frau braucht, bis sie gebären kann, laßt ihr doch die Gedanken frei durch den Kopf gehen. Es möchte sein, daß sie, statt auf euch zuzugehen, endgültig den Garaus nimmt und das Ungeborene zu guter Letzt doch noch mit sich nimmt, um ihm den Tag erst gar nicht zu zeigen.

Denn das bildet ihr euch doch nicht ein, ihr Hügel der Anmaßung, daß die Welt einen Tag gesehen hätte, an dem nicht ohne euer Wissen und Einverständnis skalpiert, verstümmelt, geschossen, mit Benzin übergossen und verbrannt, überfahren, erstickt, vergast, ersäuft, erdrosselt, erschlagen, durch Beil, Gift, Stromschlag oder Seidenstrumpf getötet worden wäre.

Eine Tragödie für ihre Person immerhin, so nahe sie über ihr geschwebt und von allen Seiten gedroht hatte, schien Effi jetzt an diesem Frühherbsttag fast unwirklich. Verwirrung, Triumph und tödlicher Streit war überwunden oder doch zumindest eingegangen in eine neue Versöhnung. Und dann darf nicht vergessen werden, daß auf Effi jetzt auch eine Aufgabe wartete. Also mußte sie dem Leben wohl zugewandt sein und zum mindesten so lange verbleiben, bis diese getan war.

Ja, Effi wollte gebären, und doch scheute, schlingerte, strauchelte, glitt ihr Fuß in einem ganz heimlichen Untergrund unter allem kräftig und leicht den Fuß auf die Straße Aufsetzen und so

Ausschreiten und sich gefeit Wissen. Wie ein lautloser Karneval zog es unter ihren Füßen; die die Straße schnell und leicht berührten. Alle geschlechtslos inzwischen, nicht alt gewordene Kinder, im Mutterbauch erschlagene oder strahlengetötete Kinder, oder etwas später dann umgebracht –, viele davon auf Straßen, die nach Polen zu laufen, zu alt gewordene Frauen und Männer, politisch und unpolitisch, mit Privilegien und ohne, in den Gaskamern alle gleich, geschlechtslos gleich.

Deshalb ist sie ja beinahe das unwichtigste von allem, die Frage nach dem Geschlecht. Als Kind hat man es noch nicht, und als Alter nicht mehr. Und dazwischen, wenn man so mißbraucht wurde, hat man es auch nicht gehabt oder so oder so nicht viel davon gehabt. Der Mißbrauch und die Liebe machen alle gleich. Und Effi ging, lief mit immer schneller werdenden Schritten gegen ihn an, den Mißbrauch, das tote Leben unter ihren Füßen, diesen Spuk der Realität, diesen Karneval, der die Lebendigen nächtlich aus dem Schlaf reißt, so daß sie aufrecht im Bett zu sitzen kommen und auf ihr Flatterhemd starren, das Nachthemd, das auf seine Weise die Körper gleich macht, die schlafenden und die nachtwachenden. Ja, Mißbrauch und Liebe, Schlaf und Nichtschlafen-können, überall ist da etwas von aufgehobener Geschlechtlichkeit, irrelevanter Geschlechtlichkeit. Und auch wenn wir gebären, sind wir mehr als Frauen. Mehr als Frauen, schon nicht mehr Frauen. Oder es zählt doch eben nicht mehr viel, was wir dann sind. Zählt doch auch nicht das Geschlecht, das wir gebären, das Geschlechtliche an dem, was wir gebären, sondern daß es geboren wird. Einfach so. Und dieses Einfach So, das ist er ja bereits, der Harlekin, der seine Kraft und wohl auch sein Surplus davon aus etwas anderem zieht als dem Geschlecht.

Wir kennen ihn alle. Gelegentlich ist er traurig und öfter fast heiter und immer eine Spur nicht ganz im Gleis. Denn was sind das wohl anderes als Entgleisungen, sich die Abendröte an den eigenen Hut stecken zu wollen oder eine Treppe hinuntersteigend, sie gleichzeitig hinaufsteigen zu wollen oder, um sich die Füße zu

kühlen, sich mit dem Kopf in einen Wassereimer zu stellen.
Das weiß doch jeder, daß das nicht klug getan und nicht der
direkte Weg ist. Doch wenn man sich entspannen will, vielleicht
geradezu von den direkten Wegen, dann sieht man sich gerne
solche Umwege an, vielleicht daß auch eine heimliche Genugtuung
darin ist, einige von diesen Umwegen für sich abgekürzt und einige
von diesen Widerhaken der Existenz für sich umgangen oder doch
umgehen gelernt zu haben. Man selbst für seine Person kommt so
schneller ans Ziel. Zweifellos. Nur, daß er das eben auch gar nicht
unbedingt beabsichtigt, ans Ziel zu kommen, der Harlekin. An
welches denn? Wer so, wie er, auf dem Tod steht und mit einem
Bein mitten darin, zwischen all dem vermodernden, vergrausten
und schließlich verwesten Bein, das immerhin auch einmal ein
Leben besessen hatte oder besitzen wollte, wer so auf Wache
steht, ja – hat der ein Ziel?
Denn wißt ihr das noch nicht? Der Harlekin ist eine Frau. Eine Mehr-
als-Frau zweifellos, aber jedenfalls mehr eine Frau als irgend etwas
sonst. Aber das natürlich nicht streng geschlechtsbezogen gemeint.
Entscheiden tut da die Gangart und die besondere Art Wache über
die Toten und die Lebendigen und die dazwischen. Ein Harlekin
hat immer zu run. Und nebenher noch sein ganz persönliches
Geschäft, das mit der Verzweiflung, gegen die Verzweiflung, für
die Verzweiflung. Aber er wird alles tun, was in seinen Kräften
steht, politisch und auch sonst.
Und so wuchs denn Effi, wie sie so auf der Straße dahinging,
immer mehr in ihre Verkleidung hinein, und wie der Wind blies
und sich in ihrem Anzugzeug verfing, da fing sie auch an zu tanzen,
so über die Straße weg, mit gewölbtem Bauch und geblähtem
Hemd, und träumte schon von dem Fest und ihrer besonderen
kleinen Harlekinade.
Diese Harlekinade nämlich bestand darin, daß Effi sich ausgerechnet
und zumindest in den Kopf gesetzt hatte, auf diesem Fest der
Frauen, noch heute abend ihr Kind gebären zu wollen. Um sie
miteinander, allem zum Trotz, dem persönlichen, ganz ernsten

Streit mit der Freundin, und den gemeinsamen Anstrengungen ihrer ganzen Bewegung zum Trotz auch darin zu verbünden; dem Kind, dem schwer zu verkraftenden, da von Frauen allein zu verantwortenden, in einer vaterlosen Welt.

Millionenfach Existenz könnten wir euch erzählen, würden wir euch erzählen, wenn ihr begreifen könntet, daß wir ganz langsam, mit hängenden Armen und starren Gesichtern erzählen müssen: Antigone, wie die hinging, um einen aus euren Reihen zu begraben, um dann selbst lebendig begraben zu werden. Maria mit dem Sohn, der partout für alle und alles leiden wollte und dabei eine so kleine Frage wie die Zeit gar nicht in Anschlag zu bringen gewillt war, Vergangenheit und Zukunft, die letzten Endes ja auch nichts als Verlagerungen der Gegenwart nach vorne und zurück sind. Jeanne d'Arc, mit Frankreich im Herzen und Gott selbst in eigener Regie. Rosa Luxemburg im Landwehrkanal, kurz bevor sie da hineingestoßen wurde, noch ein bißchen von ihren Henkern geschändet. Edith Piaf mit ‚Non, je ne regrette rien' in der Stimme und Absinth im Blut. Violette Leduc mit ihrer nervenzersägenden Sehnsucht nach Frauenarmen und der immer gleichen Geschichte davon. Olympe de Gouges auf den Barrikaden der Pariser Kommune und ihre Schwestern, Mary Wollstonecraft, die die Menschenrechte für die Frau umschreiben wollte, Lucy Stone, die von Negern und Frauen in einem Atemzug sprach, Charlotte Brontee, die Dichterin vom Armenhaus und eigener Häßlichkeit, wie sie dachte, und der Liebe wider alle Vernunft und Aussicht zu einem Mann, was man ja so lächerlich fand, daß man sie nicht in die Literaturgeschichte aufnehmen wollte. Und das sind nur einige der Stärksten, weil Ausgesetztesten.

Kommen noch die vielen anderen, die Mutter Courages mit dem auf- und angenommenen Lebenskampf und dem Käsehandel mit der rechten und dem Wiegenlied-Totenlied mit der linken Hand. Bis auf die letzten, die bleichen Kindsmörderinnen und Muttervergifterinnen aus Liebe zu euch, das Weibliche zieht euch hinan. Und die Gipsmaske der kleinen Unbekannten aus der

Seine, die ihr in allen Raritätenschaufenstern auszustellen beliebt
habt, denn sie war schön, bis in den Tod und offensichtlich noch
danach, weshalb sie sich so lange in euren Träumen halten konnte,
die fordern wir von euch zurück, bis ihr eine Möglichkeit für uns
werdet, die größte Möglichkeit, die wir mit aller uns zu Gebote
stehenden hellwach umsichtigen Treue erwarten werden. Denn
solange ihr die nicht seid, mischt sich in unser eigengeschlechtliches
Beieinandersein die Verzweiflung des Ghettos, sind wir umeinander
entbrannt, weil um unsere Existenz betrogen, ungesättigt die
Passion, und die Farbe Violett Violett schimmert uns durch die
Haut.

Hört hin, wenn wir reden, denn wir lieben die Falten, weit mehr
als die glatte Haut. Sie erzählen uns unaufhörliche Geschichten.
Bleibt ihr bei blankem Busen und todgeborener Jugend, die zu
dumm für Entwicklung ist. Was fürchtet ihr, wenn wir denken?
Solange wir nicht denken, seid ihr allein.

Denn der Geist, der Geist der tanzt und hat längst überwunden,
was uns getrennt hat. Und der Mensch ist gut, wenn man ihn
tanzen läßt. Und wenn es auch zwei Arten von Tanz gibt, den
des einfach guten Menschen und den des zusammengesetzt
guten Menschen, die sich nur darin unterscheiden, daß der eine
nur für sich tanzt und allen das gleiche Gute wünscht wie seiner
eigenen Person, und der andere ebensooft gebrochen und wieder
zusammengesetzt ist, daß man es gar nicht mehr merkt, und bei
jeder kleinsten Abtrünnigkeit auf der Welt wieder bröckelt und
bricht und sich neu aufschichtet und zusammenheilt – so bleibt
doch als letztes der Tanz.

Und laßt es – auch das muß in so einem Harlekinkapitel gesagt
werden – den Harlekin nicht entgehen, wenn er so schwierig ist
und selbst das Einfachste mit zu viel Aufwand, denkt ihr doch, tut.
Für gewöhnlich trägt der Harlekin ein Flickenkleid, ganz säuberlich
Flicken an Flicken geheftet, und man sieht die Nähte dazwischen.
So laßt es denn gehen. Nicht alle haben das Geld, sich ein Kleid
aus einem Stück zu kaufen. Und dann auch: Es gibt so viele Kleider

aus einem Stück, und alle kann man doch nicht kaufen. Und wenn man nun nicht nur eines tragen will oder kann, dann kommt man mit dem Flickenkleid allen Kleidern, die es gibt und die getragen werden, am nächsten. Es ist eine Notlösung, wie alles, was geflickt wird. Aber wenn es nun nur diese zwei Sorten von Existenz gäbe, die einfach gute und die zusammengesetzt gute aus Scherben und Flickkram, ginge es uns dann allen nicht schon sehr viel besser? Harlekine sind keine Narzisten. Harlekine werden vom Leben zerbrochen und zerbröckelt. Und da sie das nicht hübsch finden, tupfen sie wieder etwas blaue Farbe auf, wo sie abbröckelt, und ersetzen und ergänzen hier und da.

Deshalb ist der Harlekin weiblich. Er schämt sich, ja buchstäblich, er schämt sich, nicht so schön sein zu können, wie er möchte. Und das ist bereits ein Wunsch mit objektiver Tendenz. Er mißt sich ja an etwas, das für alles und alle gelten sollte und könnte: die Schönheit.

Und da die nicht einfach und unmittelbar zu haben ist, oder doch nur sehr selten, muß er sich eben anstrengen, um ihr auf dem Fuß zu folgen, und in großen Notzeiten sogar sie simulieren. Die, die schön genug sind, oder besser stark genug, für sich selbst zu sein, die haben ja in ihrer Unmittelbarkeit das Rüstzeug dazu. Der Harlekin kann nicht allein. Deshalb liegt ihm auch gar nichts an der Unmittelbarkeit oder Direktheit, sich selbst auszudrücken. Er braucht die anderen, und deshalb läuft er vor ihnen her oder auf sie zurück und sieht ihnen von unten ins Gesicht.

Er wußte schon, als ihn die Hebamme aus dem Bauch zog, daß die ihn nicht einfach dabei loslassen durfte, sonst hätte er sich eben das Genick gebrochen oder wäre sonstwie eingegangen. Er kann nicht allein und sieht auch nicht ein, wozu er sich darum bemühen soll. Warum sind denn so viele auf der Welt, wenn sie nicht zusammenkommen und etwas miteinander tun dürfen. Und wenn man ihm schon nichts in den Hut wirft für seine gewisse Mühe, dann bitte doch ein warmes Mittagessen oder ein Zeitungsabonnement oder sonst einen Hinweis von Mensch

zu Mensch. Denn die Sympathie, die Sympathie muß gegenseitig
sein, zumindest zwischendurch.

Effi jedenfalls war voller Sympathie und noch mehr voller
Sehnsucht nach Sympathie, auch wenn sie nicht wußte, ob es dabei
irgendwelche Grenzen einzuhalten galt. Und Achim, Achim, der
es allein hätte wissen können, der schwieg. Und die Frauen waren
so nah, viel näher jedenfalls. Und wie sie sich stritten und wieder
versöhnten und anklagten und verrieten und wieder zurückriefen,
war das doch alles immerhin ein Leben. Und da hinein wollte Effi
eben auch, um ihr Kind zu gebären.

Und so kam sie denn an und hätte es ihnen schon nach dem ersten,
weiß Gott zu heftigen Tanz fast auf den Boden geworfen. Und
schrie dabei, beide, Effi und das Kind schrien dabei so jämmerlich
und zerstörten mit ihrem ganzen Blut um ein Haar das schöne Fest.
Aber da es ja auch wieder eine Konfrontation war und allerhand
zu tun gab, lag doch auch wieder so etwas wie eine Feststimmung
in der Luft, als Effi kleinlaut, zur Ruhe und in Ordnung gebracht,
in einer Ecke auf drei Stühlen lag und schlief.

Die Wöchnerin

Nun ist Effi in ihrem Bett und hat, wenn sie nicht einfach vor Erschöpfung ganz reglos liegt, Zeit genug, die Geburt des neuen Erdenbürgers zu bedenken, dem sie da ins Leben geholfen hat und den verschiedene Frauenhände gemeinsam ans Licht gezogen haben. Denn daß er sonst in dem dunklen, engen Gang zuletzt steckengeblieben wäre, das ist nun einmal klar.

So wie sich Effi aufgeführt hatte, mit ihrer Tanzerei, und das, obgleich die eigene Hitze und die stechenden Schmerzen im Kreuz und ein Herz, das nur so an die Rippen pochte, sie mahnten, daß es jetzt Zeit sei, sich – wenn denn schon hier, wo keinerlei Vorbereitungen getroffen waren – vorsichtig auszustrecken und den Schmerz auf seine Stärke und vor allem die Lufträume dazwischen zu prüfen, hatte sie wohl doch im letzten Augenblick so etwas wie eine Herausforderung des Schicksals versucht.

Denn schon, wie sie noch stand und das eine Bein von sich streckte, unschlüssig, ob ein neuer Tanz zu versuchen sei, schob sich die Blase, die die Frucht umgibt, so nach vorne, als ob sie ihr aus dem Bauch zu hüpfen gedächte. Und wie blitzschnell da gehandelt und sich rücklings zurückgelegt werden mußte, dazu war Effi eben – ein so kreatürlicher Schrecken hatte sie befallen – nicht mehr imstande. Und wohl nur die sekundenschnelle und starre Nachinnengekehrtheit ihres Gesichts mußte die Frauen alarmiert haben, sie hin- und zurückzulegen.

Aber da war die Blase auch schon geplatzt, und Effi steckte die Faust in den Mund und stöhnte doch und schrie und verkrampfte sich, daß für einen Augenblick gar nicht Hände genug dazusein schienen, um Effis Beine fest- und Effis Fäuste zurückzuhalten und gleichzeitig dem Kind zu helfen. Und mit dem Schweiß und den Tränen, die da aus Effis Körper drangen, und dem Schwall leicht blutigen, leicht grünlichen Wassers arbeitete sich auf den gleichlautenden gleichmäßigen Befehl der Frauen um sie herum etwas anderes aus ihr heraus, blaurot und winzig, mit weißen Flocken auf dem Kopf, und stockte doch und schien nicht mehr sichtbar werden lassen zu wollen als diese Kopfbedeckung. Und alles Zureden und Schimpfen und unerbittliches Drängen schien für eine Zeitlang für beide nicht mehr verfangen zu wollen, bis unter hervorgepreßten Tränen auch er hervorgepreßt wurde, der ganze Kopf des neuen Erdenbürgers. Und viele Hände sorgten jetzt dafür, daß er das nicht zu schnell tat und auch mit allen nachfolgenden Teilen sich nicht übereilte.

So verdankte er denn buchstäblich ihnen allen das Licht der Welt und vielleicht zuletzt noch am wenigsten seiner Mutter Effi.

Jedenfalls, auf sein strampelndes Toben und Brüllen schnitten sie ihn ab und von seiner Mutter los, und sein zerknülltes Gesicht löste das erste lange Lachen auf diesem Fest aus. Und hielten ihn unter den Wasserstrahl und duschten ihn ab, während Effi wie von weither mit aschfahlem Gesicht auf sich und das noch Auszustoßende konzentriert und allein blieb.

Und auch als das getan, interessierte sich Effi nicht weiter für den Sohn, der rot und jämmerlich von einer Hand zur anderen gereicht und dabei schnell und umsichtig mit Stoffstücken jeder Art umwickelt und gewärmt wurde. Effi verblieb teilnahmslos, auch als man sich ihr wieder zuwandte und die erforderlichen Maßnahmen traf, sie umzukleiden und zum ersten Mal an diesem Tag zu betten.

Selbst ihre Überführung in ihr Haus zu Achim und Suse Sommertag Grau, mit dem kleinen Sohn in der offenen einen Hälfte eines Spankoffers, löste nichts in ihr aus an innerer Bewegung irgendwelcher Art, so schien es zumindest. Und Achim ließ Effi in das für sie schon lange vorbereitete Zimmer legen und wachte daselbst, als die Frauen, die Effi zurückbrachten, weggegangen waren mehrere Stunden über ihren Schlaf und sah sie an und versuchte in ihr zu lesen, wie zum ersten Mal.

Die ganze Zeit ihres Wochenbetts, ein langes Wochenbett, über zwei Monate lang, hatte Achim Zeit, in Effi zu lesen, zumal Effi sich noch ein starkes Fieber geholt hatte, kein Kindbettfieber, nein, ein ganz gewöhnliches Erkältungsfieber, das ihr allerdings auf die Bronchien geschlagen war.

Die ersten Waldgänge Effis tauchten da vor dem erstmals ahnend reimenden inneren Blick Achims auf. Effis bleiche, nicht kleine Gestalt, wenn sie ging und das Tor hinter ihr ins Schloß schnappte, das grüne Samtzeug über der Schulter und die kniehohen Stiefel. Für was das alles, fragte Achim sich. Ihre angelegentlichen Gespräche mit Suse Sommertag Grau. Immer eine Spur zu heftig, hatte Achim gefunden. Und doch hätte er schwören können, daß sie ihn nicht betrog. Es hatte ihn nie angewandelt, so etwas auch nur zu denken. Er hielt den Kopf eingezogen und gesenkt unter der Lampe, unter der er stand, und starrte auf Effi, rätselte an Effis Gestalt, die sich unter der Bettdecke abzeichnete, von den Füßen bis zum Kinn. Wäre nicht das Gesicht Effis gewesen, dieses abweisende, nicht mehr zuratende, erschöpfte Gesicht, hätte er sich überzeugt über ihren Schoß werfen wollen und ihr ihrer beider Zukunft ins Gesicht zurückrufen und ihr zuraunen, verzweifelt zuraunen wollen, doch ja nicht aufzugeben und einen Weg allein zurückgehen zu wollen, klein und stumm, den sie beide immerhin bis hierher gegangen waren.

Aber war sie das denn tatsächlich, eine Weggenossin, eine Weggefährtin, seine Weggefährtin? Hatte sie ihn je gefragt, wenn sie so aus dem Haus ging, nach seinem Wunsch, geschweige Willen? War sie je zu ihm hereingekommen, um in ihm zu lesen, wie er sich jetzt in.ihr zu tun bemühte?

Einige Male, das erinnerte er, hatte er angstkalte Handinnenflächen auf die Fensterscheibe gelegt, als er sie so weggehen sah, das Kind oben schlief schon, wie hätte er das Haus verlassen sollen und ihr nach ... Suse hätte sich im Bett aufgerichtet und nach ihm gerufen, nach ihnen beiden gerufen, wenn sie so mitten in der Nacht .. .

Ach was sollte auch nur so ein Gedanke, bodenlos und auch sonst unwürdig. Was hätte er ihr denn zu sagen gehabt, schlimmer – und hier stockte der Herzschlag Achims – was hätten sie sich denn wohl sagen gewollt, wenn er sie so am Tor aufgehalten hätte. Natürlich hätte er Rechte geltend machen können, aber das war nicht die Form Ehe, die er denken konnte und leben wollte. Wenn Effi es für richtig fand, mußte sie wohl gehen. Und daß sie Anregungen suchte, die ihr das Haus nicht zu geben vermochte, und auch nicht das Kind, und wohl am Abend noch ein anderes Recht auf sich geltend machen konnte, da stand ihm nichts dagegen. Und daß sie Bekanntschaften machte und da wohl auch über Nacht blieb – so draußen, wie sie immerhin wohnten –, das war auf jeden Fall einzusehen. Effi hatte ja auch nie daran gedacht, selbst fahren lernen zu wollen. Und er, er hätte sie doch nicht mehr abholen können, so spät, wie es dann zu werden pflegte.

Und außerdem erzählte ihm Effi immer nur von Frauen und Freundinnen. Freundinnen, mit denen sie dies und jenes besucht, gesehen, gehört hatte. Und auch die gelegentlichen Reisen Effis, auch dagegen war von seinem Standpunkt aus nichts einzuwenden gewesen. Die Freundin, mit der sie auf diese Reisen ging, war immerhin eine berufstätige Frau, erfahren genug, um für sich und Effi aufkommen zu können. Und Effi konnte es nichts schaden, sich etwas mehr hervorzuwagen und selbständiger zu werden. Ja, Achim hätte rundheraus nicht einmal etwas dagegen gehabt, wenn Effi selbst berufstätig gewesen wäre. Die Frau eines Kollegen war berufstätig, und dies sogar an derselben Universität und im selben Fachbereich wie ihr Mann. Sie Historikerin. Der Mann wie er, Achim, Dozent für Philosophie.

Ja, Achims Vorstellungen von Ehe, seiner möglichen Ehe, war unausgesprochen immer in diese Richtung gegangen, einer gleichberechtigten, gleichbefähigten, in sich ruhenden Lebenspartnerschaft. Und Effis Herkunft immerhin aus einem Professorenhaushalt war ihm dazu ganz als das Angemessene erschienen, jedenfalls als der erste Schritt.

Natürlich hatte er nichts erzwingen wollen, und wie Effi so gleich nach der Trauung ihrer beider Lebensschiff mit allerlei Lebendigem zu beladen trachtete, nichts dagegen gesagt. Und doch war oft fast etwas wie ein Vorwurf in seinen Augen zu lesen gewesen, wenn Effi nur zu lesen bereit gewesen wäre, sich nicht so die Tage um die Ohren sausen zu lassen. Aber dann war sie mit neunzehn Jahren schon niedergekommen, wie sich Achim unaufhörlich vorhielt – und aus war es gewesen für lange Zeit, an etwas anderes und so etwas wie die Aufnahme eines Studiums für Effi auch nur zu denken. Zumal da nicht einmal mehr Effis Schwester ein Mahnbild oder Vorbild hatte abgeben können.

Ja, Achim war ein fortschrittlicher Mann, und mehr noch, sensibel und klug genug, um das einer Frau gar nicht anzusinnen, daß sie – waren die Mittel dazu gegeben – sich nur auf Haus und Kind beschränken müsse. Und auch ganz im Interesse seiner Person selbst hätte es gelegen, wenn er in Effi auch die Gefährtin für Lebensansichten und Gespräche zumindest hätte finden können und, warum nicht, auch für wissenschaftlich fundierte Gespräche. Schließlich gibt es die Gleichberechtigung seit Anfang dieses Jahrhunderts, und Effi hätte, wie so viele ihres Geschlechts, weiß Gott davon Gebrauch machen können und ihre Frau stehen und ihm eine Partnerin sein können, in der Arbeit und für die Arbeit und letztlich womöglich gar deren Legitimation.

Natürlich war Effi nicht zu dumm dazu, das lag auf der Hand, und im Umgang mit der Freundin, auf deren Existenz Achim ja hin und wieder Hinweise erhalten hatte, sichtlich gewachsen und gefördert worden und zu ihrem Vorteil verändert. So daß er eine Zeitlang sogar seine stillen Berechnungen an diese Freundschaft geknüpft hatte. Aber dann hatte nicht nur alles merkwürdig stagniert, sondern Effi war ihm auch sonst sonderbar vorgekommen. Auf Emanzipation und Beruf jedenfalls schien das nicht zu gehen, selbst wenn man Effi eine wachsende Eigenständigkeit nicht absprechen wollte.

Ja, auf was war das wohl gegangen und ging das noch zu, fragte sich Achim, wie er mit leicht eingezogenem Kopf unter der Lampe stand und auf seine Frau blickte, bis der Blick abglitt und sich immer neu und vergeblich an dem kleinen abweisenden Gesicht Effis versuchte. Doch war diese Abweisung in Effis Gesicht nichts als die Notwendigkeit eines großen Nachholens an Schlaf, Kraft, und noch ein bißchen darüber, Mut vielleicht, Übermut sogar. Denn Effi hatte, wie sie da lag, von alledem fast nichts mehr in sich. Und sie mußte es doch zurückrufen, war so damit beschäftigt, so ausschließlich damit beschäftigt, als ginge es um ihr Leben. Und um das ging es ja auch.

Achim aber war außerstande, das objektiv und nicht persönlich zu nehmen. Und bezog es auf sich. Bezog Effis Gleichgültigkeit in allem und Abweisung von allem, was ihr die Lebenskräfte schmälern oder doch deren Zurückbringung verzögern konnte, auf sich. Und dachte und rätselte sich in etwas hinein, das immer schwerer zu widerrufen, schließlich unwiderruflich war, wogegen doch für Effi alles nur seines Widerrufs harrte. Und kniete wohl auch mit seinem zu kurz geschorenen Kopf an Effis Bett, den Kopf leicht schaukelnd auf ihrem im Schlaf sich auf und ab bewegenden Bauch, und flüsterte so nah an diesem Bauch ein so verzweifelt zuredendes Flüstern, wie er es in das Grabgesicht Effis gar nicht zu flüstern imstande gewesen wäre, es gut sein zu lassen so, und auch er wolle es gut sein lassen so und mit ihrem Pfand, ihrer beider Pfand – doppeltem Pfand nunmehr, Suse und dem Kleinen – weiterleben, alleine, weiterleben, er, Achim.

Und wie das geflüstert und ihm der Hals bis in die Kehle hinein ganz trocken davon geworden war, richtete er sich auf, schneller noch als verzweifelt schnell, und fuhr ihr übers Haar und suchte es gut zu machen, unaufhörlich gut zu machen, dieses Flüstern. Ach, was wollt ihr, dieses Verbundensein von Mann und Weib, durch ein Kind oder zwei oder keins, dieses Leib an Leib gelegen und gehangen Haben, das Herz und den Puls im Gleichschritt mit dem aufkommenden Morgen und seinen Plänen und seinen Hülsen, tauben oder auch reellen, dieses gemeinsame Warten auf ein gemeinsam Unbekanntes, dem es zu trotzen gilt, oder doch wenigstens nicht ohne weiteres nachzugeben, wenn es für beide nicht gut so scheint, dem wird doch durch nichts wieder wettgemacht, wo das beunruhigt oder zerstört wurde. Da ist selbst so ein Flüstern in der Konsequenz der Liebe und Angewiesenheit auf Zusammensein erlaubt, selbst wenn Achim es sich nicht erlaubte und davor zurückfuhr. Und das war vielleicht seine einzige Schwäche, das Zusammen, an das er lebendig nicht mehr glaubte, preiszugeben, um eines nunmehr denn fremden auf und ab atmenden Körpers willen.

Was uns überzeugt, was uns alleine zurückholen kann, ist immer nur die Gemeinsamkeit der Gegenwart und nicht ein Bruchteil Irritation.

Effis langes Wochenbett jedenfalls und Achims Zweifel bis zur Preisgabe waren beide nicht dazu angetan, die Brücke zu bauen, auf der sie hätten zusammen fortgehen können.

Und als er unter den vielen Sträußen, die für Effi ankamen, einen Strauß roter Rosen in die Hand bekam, samtdunkler, fast bräunlich roter Rosen mit einer Karte nur eben so daran gesteckt und einem Namen, einem weiblichen Namen, da wog er Strauß und Karte lange in der Hand und sah zu Effi hinüber, die seit langen Tagen zum ersten Mal wieder die Hand nach dem Vorhang hin ausstreckte und damit zu spielen schien, und legte ihr beides, mit festen Tritten auf sie zugehend, auf das Bett und drehte sich ab und ging aus dem Zimmer.

Effi aber, die mit einem Morgengruß, einer Anrede, einem Gespräch ja doch gerechnet hatte, wach, wie sie zum ersten Mal wieder war, sah wie verwundert auf die Blumen auf der Bettdecke und schnell noch auf Achims Rücken, bevor dieser die Tür hinter sich zugezogen hatte.

Und auch sie wog die Blumen und die Karte und ließ ein Lächeln auf ihrem Gesicht spielen, so traurig und erschrocken und schließlich gramvoll vergrämt, bis sie es an der Bettdecke verbarg.

Und wie jetzt das Licht voll durch das Fenster brach, sah sie den Harlekin, der sie vor vielleicht vier, vielleicht sechs Wochen gewesen war, und schüttelte wie im Traum den Kopf, heftig und verzweifelt, und stieß mit dem Kopf auf ihr Bettgestell, schnell, und immer schneller, und glaubte ihm nicht, glaubte nichts mehr als das, was sie gesehen hatte: den gewölbten Rücken Achims im Türrahmen und den leicht eingezogenen Kopf.

95

Der Dudelsack

Durch ihr Dorf kam einer mit einem Dudelsack. Effi, das Kind an der Brust, stand, durch die Gardine verdeckt, am offenen Fenster. Wenn auch Spätherbst, war das Wetter noch sehr schön. Aber Effi pflegte ihr Zimmer noch kaum zu verlassen.

Um so öfter kam Suse Sommertag Grau und setzte sich auch wohl auf eine kleine Fußbank, die sie dafür mitgebracht hatte, und sah Effi zu, wie sie Suses Bruder an die Brust legte und stillte. Dieser Vorgang löste in Suse immer wieder eine nachhaltige Befriedigung aus. Wuchs doch ihr Bruder sichtlich und schien bald soweit zu sein, daß er aus Effis Händen entlassen und von Effis Brüsten unabhängig lange Stunden mit ihr in einem dafür prächtig vorbereiteten Leiterwagen verbringen konnte. Diesen Leiterwagen würde Suse hinter sich herziehen über den Kies bis zur Wiese und da sacht bergab rollen lassen. Alle Jahreszeiten würde Suse von jetzt ab mit ihm zusammen durchgehen und die passenden Lieder dazu singen. Und der Hund, Suses Hund, genau genommen Achims und Suses Hund, eine Dogge, würde immer dabei sein.

Jetzt ist Suse nicht in Effis Zimmer, und Effi kann einfach so dastehen, wie sie seit einiger Zeit gerne dasteht, mit leicht abwärts bewegten Schultern und einem fast unbeteiligt lose an der Hüfte lehnenden Arm, mit dem anderen freilich hält sie das Kind.

Jedenfalls, einen mit Dudelsack hört sie zum ersten Mal. Doch auch wenn sie sich Mühe gibt, ihn durch den dicht fallenden Stoff der Gardine bis in sein Minenspiel hinein zu beobachten, schiebt sich vor ihn, wie er dasteht, mit blauer Mütze und Jacke im Sonnenschein – ja, selbst die Geranien blühen noch an Effis Fenster – mit einem Mal ein anderes Bild und bleibt da haften. Und Effi zieht es vom Fenster zurück. Und leicht mit sich scheltend läßt sie sich auf ihr Bett nieder und bleibt da ein Weilchen sitzen, stumm und auf sich selbst erzürnt. Der Bettler mit der Leier, der da aus ihren Gedanken aufsteigt, ganz überflüssiger Weise noch unbeschuht und – war es nicht so – das auf dem Eis, was sucht der hier im hellen Sonnenschein immerhin, wenn auch Novembersonnenschein. Und das in einem Dorf, das doch schon beinahe kein Dorf mehr ist, so schmuck liegt es da, vor Effis Fenster, mit den weißen oder auch schwarzweißen Häusern und nach Norden zu gut abgedeckten Schieferwänden und den sauber asphaltierten kleinen Straßen zwischen den gepflegten Gärten vor den Häusern.

Nein, so tief man hier atmet und die Luft einholt, von Land oder Dorf auf dem Land und anschlagenden Hunden, gar schnatternden Gänsen und Stall und Mist und Hähnen, Wetterhähnen und anderen, mit dem ersten Morgenstrahl bereit, gegen alles und jedes anzukrähen, ist hier nichts und liegt hier auch nichts entfernt in der Luft.

Und wenn hier einer aufspielt und Musik macht, dann ist schon das fast wie ein Versehen, selbst wenn er das so wohlgenährt und gut beschuht tut, wie der da unten. Aber der kommt wohl durch mancherlei Gegenden, und die meisten davon, im Umkreis zumindest, eignen sich schon eher dazu, so eins aufzuspielen. Ein Zigeunerlager allerdings ist gar nicht einmal so weit von hier, und Effi streicht mit der Zunge über die Lippe. Sie hatte vor nicht allzu langer Zeit noch allerhand brauchbares Kleinkinderzeugs weggegeben, da hat ihr offenbar der Gedanke an ein weiteres eigenes Kind gar nicht einfallen wollen.

Und Effi steht auf und legt das Kind in sein Bett zurück und sieht wie von ungefähr auf ihre Schuhspitzen, wie sie jetzt so zum Fenster zurückgeht. Wie möchte sich wohl ein Loch darin ausmachen, denkt Effi und wird plötzlich ganz ausgelassen. Und dann hört sie versunken und angestrengt auf die Musik. Bis es wie ein Ruck durch ihren Körper geht, vom Nackenwirbel bis in die Schuhspitzen, oder die Zehenspitzen in den Schuhspitzen, und sie ihn in sich aufsteigen spürt, den Wunsch, es wohl doch einmal wieder zu versuchen, so in den Schuhen hochzuschnellen, daß die Absätze für einen langen Augenblick in der Luft stehen. Und Effi gibt dem nach und reckt sich dabei und weiß nichts mehr davon, wie sie in letzter Zeit gerne dasteht.

Aber da bricht die Musik ab, und sie will auch gar nicht wissen, ob er weg ist mit dem Dudelsack, sondern geht an ihr Bett zurück und setzt sich darauf und sucht jetzt ebenso angestrengt, wie sie in die Musik gehört hat, nach dem Bild, das ihr da aus ihren eigenen Gedanken entgegengekommen war. Und bildet Reime mit der Zunge und summt plötzlich eine kleine Melodie, flüchtig, fast hastig abgesetzt, doch eindringlich. Und sieht ihn vor sich stehen, den Leiermann, der sich und allem zum Trotz seine Leier dreht, und der Teller, den er für die Leute aufgestellt hat, bleibt leer.

 So haben sie es alle gemacht, denen ein Lied, und sei es auf der Leier, oder sonst eine Ungebundenheit über alles ging. So hatte es Johannes Seidel gemacht, von der Schiffswerft weg, und war doch zu guter Letzt verhindert und zwischen den Tonleitern eingeklemmt worden, auf denen er frei werden wollte. Um dann zu allerletzt ganz endgültig eingeklemmt zu werden. Der Bahre zwar hatte er noch abwinken können, die sie da die gewundene Treppe zu ihm heraufbalanciert hatten, um ihn daraufzulegen und abzuholen und mitzunehmen zu seiner Besserung – was sollte ihm die. Ja, bis hart an den Treppenrand war er noch getreten und hatte die Hand so zur Faust geballt und geschüttelt, da gingen sie weg, und die Bahre schaukelte leer auf ihren Rücken.

Ja, Johannes Seidel hatte über viel Kraft verfügt und selbst die noch einkalkuliert, die er gar nicht mehr besaß, oder auch nie besessen hatte. Noch ganz zum Schluß, als er schon angelehnt an einen Kissenberg, hoch aufgerichtet, weil er es so wollte, und doch mit seitabwärts geneigtem Kopf auf seine Hände und zwischen ihnen durch sah – die Familie im Halbkreis um ihn herum, nur die engste, versteht sich, und die Schwiegersöhne –, hatte er auf Anfrage eines der Schwiegersöhne, ob er sich wohl etwa auch zu einer Fußwanderung tauglich fühle, mit dem Kopf genickt und die Füße in den Schuhen bewegt und deutlich ja gesagt.

Ja, das war sie, die Kraft des Johannes Seidel, nicht irgendwo gläubig, er ging nun ja doch seinem Zerfall entgegen, und konnte es, fortgeschritten wie der Prozeß nun einmal war, nicht mehr abwenden, wohl aber fassungslos, so jung – er ging erst auf die achtzig – sterben zu sollen. Denn jung war er, weiß Gott, und alles ist jung mit achtzig, wenn es den Schritt geliebt hat und aus- und mitschreiten durfte, oder doch wenigstens ein wenig.

Denn zum richtigen Aus- und Mitschreiten hatte es Johannes Seidel nicht gebracht, da lag ihm eine Scheu im Magen, nennt es ,Sittengesetzt', denn oberflächlich gesehen, läuft es wohl darauf hinaus. Aber Effi, seine Tochter, weiß es besser: Er war buchstäblich scheu und sterbensängstlich. Er hielt das Leben tatsächlich für den einzigen Besitz, den einer hat. So war er sterbensängstlich. Und Effi? Effi läßt sich fürs erste diese Gedanken nur durch den Kopf gehen. „Und mit starren Fingern dreht er, was er kann." Warum nur, wo ihm der Teller doch leer bleibt und keiner ihn hören und sehen mag und sogar die Hunde in die Richtung knurren, in der er steht, barfuß, auf dem Eis und hin und her wankend. Warum nur, wenn nicht um des Tones willen, der Leier willen, des Drehens willen, des Hin- und Herwankens willen. Und Effi springt auf die Füße und geht mit vor das Gesicht geschlagenen Händen auf und ab durch ihr Zimmer. Bis sie stehen bleibt und weiß, daß sie Abschied nehmen muß, wörtlich von verschiedenem Abschied nehmen muß: von Achim, der ihr Zimmer fast nicht mehr betritt, von ihrem Zimmer, und den Geranien im Kasten draußen und dem Haus und der Sonne, so wie sie hier geschienen hat und über das Dach gewandert ist, bis sie in den schmalen Streifen hinter dem Haus Licht brachte und da auch bald unterging.

Von manchem also, und nicht zuletzt von der Kindheit Suse Sommertags Graus. Denn so, wie Suse Sommertag Grau in diesem Haus ein Kind war, wird sie es nicht wieder sein. Denn was auch in dieser Hinsicht beschlossen und abgesprochen wird, so bleibt es nicht. Und wahrscheinlich wird Suse Sommertag Grau ja auch mit ihr gehen, weil sie die Mutter ist und auch noch das Kleine hat, das ohnehin schon auf sie angewiesen ist.

Ja, so wird es sein, sie und die Kinder werden gehen, und Achim und das Haus, oder Achim einerseits und das Haus andererseits werden für sich bleiben. Und hier apgelangt, weiß Effi auch schon nicht mehr weiter. Weder, was Achim in dem Haus oder ohne das Haus tun und lassen wird zu tun noch, was sie und die Kinder dann wohl buchstäblich machen werden. Denn gelernt hat Effi nun einmal nichts, und die Kinder, besonders das Kleine, stünden dem ja auch sehr im Weg, wenn sich etwas fände, was sie tun könnte. Und dann steht nicht zuletzt Effi sich selber im Weg.

Denn das glaubt sie doch nicht, daß das das Leben sein sollte, sein könnte, so in etwas eingezwängt zu werden, was sich dann Tag für Tag wiederholt.

Um eines Unterhalts willen, buchstäblich – und hier bekämpft Effi ein kleines Lachen, das ihr schon ganz voll und rund in der Kehle steht – eines Unterhalts willen. Sicher, da hat sie nun einige Fremdsprachen gelernt und im Umgang mit der Freundin diese Kenntnisse vervollkommnet. Das ließe sich ein- und umsetzen, kein Zweifel, und bei schnellem Verstand und hellem Ohr wäre da durchaus ein Weg und ein Auskommen. Und Achim, das weiß Effi, so ungewiß ihr alles andere, was ihrer beider Zukunft betrifft, erscheint, würde das unterstützen, nachdrücklich unterstützen. Und selbst für die Kinder fände sich eine Übergangslösung. Natürlich fände sich die, so wie Effi immer noch gestellt ist, im Augenblick. Und wenn sie sich schnell und gut entscheidet, wohl auch noch für einige Zeit. Und Effi sieht auf ihren Sohn in seinem Bett und zwinkert ihm zu. So gut ist für seine Zukunft gesorgt.

Und Suse? Nun, auch die wird ein Leben haben. Und die sechs Jahre, die sie hier verbracht hat, nicht unbedingt vermissen müssen. Nicht unbedingt, und Effi gräbt leicht verloren beide Hände in ihr Haar und weiß, daß sie vermissen wird, vermissen muß, Achims Körper mit den nackten Schultern, auf denen Suse so und so oft ritt und aufrecht saß, für ein Photo oder einfach so.

Was wußte sie von den Beziehungen, die sich zwischen Suse und

Achim geknüpft hatten, und wie konnte sie wagen, da etwas einreißen zu wollen oder geradewegs zu zerreißen. Eine Tochter und ein Vater, sechs Jahre lang, das schüttelt sich doch nicht unbedingt so einfach ab. Was hatte sie, Effi, vielleicht angerichtet. Denn daß die Welt nur einen Bodensatz hat, den sie bewahren muß, das war ihr klar. Effi selbst war in so einer Familie groß geworden. Mit einem Vater, den ein zager Graus ankam, wenn eines seiner Familienmitglieder zu vorgerückter oder sonst unangebrachter Stunde nicht zu Hause war. Es war die Sorge, wörtlich die Sorge, daß eines irre gehen konnte. Natürlich war das fast pathetisch und jedenfalls patriarchalisch, aber welche Sorge ist das nicht. Alles, was sich sorgt, wirft sich doch dabei irgendwo zum Herrn auf, selbst wenn der dann schlicht nur auf die Suche geht. Diese Sorge jedenfalls hatte immer an Effis Füßen genistet, selbst wenn ihr Lebensmut oder auch Übermut rieten, die Füße doch einfach frei zu machen. Kann man denn das? Sicher konnten auch ganz konsequente Kinder aus solchen Familien hervorgehen und sie in Frage stellen, die Familie, und für sich etwas anderes dagegensetzen. Und vielleicht hatte ja auch Effi so etwas getan und war noch dabei, es zu tun. Denn bereits eine einzige so nahe Freundin, wie Effi sie sich gesucht und gefunden hatte, brach ja bereits die Norm, in der so etwas nicht vorgesehen war und ja auch mit Konflikten beantwortet wurde. Denn die wirklichen Konflikte, die entstehen ja nicht, wenn man nicht ausbrechen und sich woanders hinwenden kann, sondern wenn man ausgebrochen ist und zurückblickt auf die, die zurückgeblieben sind, und denen etwas unwiderruflich weggenommen worden ist, indem man selbst fortging.
Und in Effis Kopf hämmerte es, wie sich jetzt ihr Mund wölbte und doch auch wieder verzog bei dem Wort, das sie jetzt aussprechen wollte, so lächerlich es dann im Zimmer stehen würde, so lächerlich, bezogen auf ihre Person und ihr ganzes Geschlecht. Aber es flüsterte ja doch schon im ganzen Haus und klagte sie an und huschte ihr nur so eben unter den Füßen fort, wenn sie fest und leicht auf die Dielen auftreten wollte. Und da war es schon, Effis Wort, nicht

eigentlich Effis Wort, sondern das einer langen außengelenkten und gleichzeitig verinnerten Tradition: ein treues Frauenbild. Und da war auch schon der Kopf des Mädchens, des versprochenen, wie er mit langem Hals und stierem Blick nach dem Jäger sah, der nach Hause ging durch seinen Wald. Was sah sie ihm nach und was ging er sie an, an den Müller versprochen, an den Müller versprochen. Versprochen, versprochen, versprochen. Da war er wieder, der Liedermacher, der Lieblingsliedermacher Johannes Seidels, Franz Schubert, was wollte er noch von ihr und hier. Seidel war tot. Und er ja gefälligst auch, längst, längst schon in seinem selbstgefälligen Bach, in den er sich gestürzt hatte, der Müller Franz Schubert, wegen untreuer Mädchenliebe, Wankelmut, Unbeständigkeit, Unstetigkeit eines Mädchens, seines Mädchens, wie er noch tot im Bach beharrte zu erinnern. Und die kleinen Bachwellen gaben ihm Recht und umspielten ihn und forderten von der Liebsten, die oben stand, nur so eben über das Geländer gebeugt, das Tüchlein, das Halstüchlein, um es ihm auf die Augen und das Gesicht zu legen.

O, ihr Männerbünde, weit unwiderlegbarer da, wo ihr scheinbar mehr fleht als befehlt, was seid ihr euch einig, noch im Tod. Was euch nichts nimmt, eher doch etwas gibt, das Wanderermotiv, das sucht uns auf die Stelle zu bannen, ist nicht für uns und sucht uns heim, wenn wir es doch mit ihm versuchen. Das wollt ihr doch, daß wir bleich und wie krank dastehen, wo wir uns dafür anfällig erwiesen.

O, bitte, wenn euch das eine Genugtuung bereitet, es nagt uns am Herzen, was ihr über uns denkt. Und bei solchen Vätern wie Johannes Seidel und bei solchen Ehemännern wie Achim bleibt einer Effi auch gar nicht viel anderes übrig, als sich ans Herz zu fassen. Hat sie doch ein Haus entweiht, das ihres Mannes und das ihres Vaters gleich mit. Was soll jetzt Effis Portrait über Achims Schreibtisch, süß natürlich, und wenn auch keck, doch noch ganz verhalten und fast innig keck, mehr nur so aufs Leben keck, also einfach erwartungsvoll.

Diese Keckheit, die hat und hätte ihr nichts geschadet, bei Seidel nicht und bei Achim nicht, wenn sie nur so in der Luft gelegen und sich nicht sonstwie geäußert hätte. Denn natürlich lieben kluge Männer lebendige Frauen und anerkennen sie dann auch gerne als geistige Partnerinnen. Aber Effi war eigene Wege gegangen und einige, auf denen sie gar keinen Partner brauchen konnte, denn was soll schon nur ein männlicher Partner, wenn sich zwei Frauen entschlossen haben, sich nun einmal zusammen hinzulegen, um beieinander zu sein, oder wenn sie auch nur einmal recht von Herzen einsam sein wollen, ganz für sich allein und ohne einen Schatten seiner und aller männlichen Perspektive. Effi jedenfalls ging der Gedanke an das treue Frauenbild um und um, und ein wahrer spukhafter Graus zog vor ihren Augen ab. Denn wenn Achim das in seinem Haus nicht mehr sehen konnte, dann konnte er ja sie selber, Effi, nicht mehr darin erkennen. Und sein Rücken hatte es nur zu natürlich bloßgelegt, was er glaubte und was er nicht mehr glaubte. Und mit allem Arm an Arm die Flur Durchstreifen – ein Ausdruck, den sie ganz am Anfang der ersten Tage ihres Glücks miteinander geprägt hatten, wie um sich eine kleine, nicht enden sollende Verschwörung anzukünden – war es nun buchstäblich vorbei. Warum war sie dann überhaupt wieder gesund geworden. Ja, ihre eigentliche Harlekinade hätte in etwas anderem bestehen sollen, als noch ein Kind zur Welt zu bringen. Es ist ja nicht wahr, daß der Harlekin die Welt beherrscht, umgekehrt, die Welt beherrscht den Harlekin, und dann ist es auch am besten, sich ganz zermalmt von den Verhältnissen auf dem Boden auszustrecken und da ganz steif und still liegenzubleiben, bis der letzte Lebensgeist aus einem heraus ist.

Und Effi rüttelte an dem Bett des kleinen Sohns und schrie ihm zu, daß er ihr fremd sei, fremd, wie sie ihm zu sein habe, wie er auch seinem Vater fremd sei, weil der ihr fremd sei und sie ihm, und daß sie ihn nie mehr an die Brust nehmen könne, und daß damit auch Suse Sommertag Grau nie mehr sehen könnte, wie sie ihn an die Brust nähme, weil sich jetzt alles ganz fremd würde, und eine Kälte einbräche und dickes Eis bilde, auf dem niemand mehr gehen, geschweige tanzen könne. Nur noch Zick-Zack-Laufen und durch die kalten Flocken vergeblich nach einem anderen Ausschau halten.

Bei Gott, eine trostlose Winterreise war nun auch für sie angebrochen, nichts mit Flurdurchsrreifen, aber Stoppelfelder und Totenacker und keine Einkehr. Johannes Seidel hätte es wissen müssen und Achim nicht zuletzt hätte es wissen müssen, wohin das führte. Ja, Effi würde gehen. Ihr Bündel, das war leicht zu schnüren, und über die Schulter zu werfen, und den da in seinem Bett, den würde sie mitnehmen, und Suse konnte den Wegführer machen. Und der Liedermacher vom treuen Frauenbild und dem toten Müller im Bach, an wankelmütiger Frauenliebe gestorbene Müller im Bach, hatte über diesen sie trennenden Graben hinweg – den Mann, so wie er sich darstellte, und die Frau, so wie sie dargestellt wurde, trennenden Graben hinweg – doch noch etwas für sie, was fast schon wieder an die Ungeschlechtlichkeit des Harlekins heranreichte, wenn auch viel kälter und bodennäher: den Leiermann auf dem Eis.

Der Scheidungsantrag

Soeben hat Achim Effi die Scheidung angetragen. Die Speisen sind abgedeckt. Suse und ihr Bruder schlafen.

Effi, die eine Hand im Schoß, aber aufrecht am Tisch Achim gegenüber, zuckt nur leicht mit der Hand im Schoß und gräbt sie womöglich damit etwas tiefer in diesen ein. Achim hat beide Arme mit abgestützten Ellbogen auf der Tischplatte und die Hände knapp unter dem Kinn ineinander verschränkt.

Nicht laut, eher etwas verhalten und wie belegt und auch erregt, unwillig und wie sich selbst zum Trotz erregt, hat er ihr fast in Frageform die Scheidung angetragen. Und dann offenbar verwundert und verärgert über diesen Tonfall, gleichsam um ihn zu unterbinden, den Satz noch einmal wiederholt und diesmal ganz bestimmt, zwar in Rücksicht auf Effi sanft, aber das nur scheinbar, weil jetzt eben doch definitiv. Und über Effi war das Schwert gefallen.

Mit ganz geöffneten Augen sah sie ihn an und ihm ins Gesicht und hätte nicht übel Lust auf eine kleine Lache gehabt. So ein Mann. Sicher hat er jetzt noch, oder hat er bis ganz hart davor, vor seinem Satz, ein Begehren nach ihr, seiner Frau, gehabt und wäre, wenn es nach ihm gegangen wäre, aufgesprungen und um den Tisch herumgekommen oder hätte ihn einfach umgeworfen und ihr allenfalls seine Vorwürfe, seine Anklage, seinen Schmerz ins Gesicht hineingerufen. Aber es ging ja nicht nach ihm. Es ging bereits in diesem Raum um eine höhere Objektivität, der er sich eben beugte, und unter die er auch Effi zu beugen gewillt war.

Und Effi dachte auch nicht an Widerspruch. Zu vieles war ihr in diesen Tagen und Wochen durch den Kopf gegangen, das schwerer wog als dieser lächerliche Antrag Achims, sich zu scheiden. Wohl denn. Effi war bereit. Sie hielt lediglich den Kopf etwas schräg, um ihn noch einmal im Profil zu sehen.

Und dabei stieg ihr auch schon eine Lust zu Kopf, eine sinnliche Ausgelassenheit. Sie mußte sich nur bereits auf der Landstraße denken, rechts und links in Abständen eine schüttere Pappel nach der nächsten, und er war lediglich der erste, erstbeste, der ihr da entgegenkam. Und da stand sie auch schon auf und schob den Stuhl von sich ab und ging in den Raum hinein und auf Achim zu und sah ihm fest und ohne zu zwinkern ins Gesicht. Und faßte mit der Hand sein Jackett und bog ihm den Halskragen, gesteift, wie der war, fast mit Gewalt auseinander und öffnete einen Hemdknopf nach dem anderen, bis er so dastand, mit offenem Hemd und lockerem Jackett, und lachte ihm ins Gesicht.

Achim senkte den Kopf, aber nur für einen Augenblick, und als er ihn wieder hob, sah er sie böse an und fremd, buchstäblich fremd. Nur zu recht hatte er daran getan, sich diese Dirne vom Hals zu schaffen. Und doch brannte gleichzeitig in dem Moment, da sein Kopf dieses Wort für die Frau vor ihm gefunden hatte, sein Herz in einer ganz unverständlichen Scham und Reue und Begier zu verstehen. Es ging letzten Endes wohl einfach über seinen Kopf, was hier mit ihm geschehen war, deshalb hatte er wohl auch das falsche, zumindest nicht aufgehende Wort für Effi gefunden. Und auch diese Einsicht las sich unschwer auf seinem Gesicht und machte die Fremdheit verständlich und fast zu einer Aufforderung an Effi, sie doch wegzunehmen oder zu überbrücken.

So ging Effi an ihren Stuhl zurück, zog ihn wieder an den Tisch und deutete auch Achim an, das wieder zu tun und sich hinzusetzen und ihr zuzuhören, zum ersten und wohl dann ja auch letzten Mal. Also die Blumen, rötlich braun, samtdunkelrot, waren von einer Frau. Ihrer Freundin. Mit der sie unter anderem auch zusammen schlief. Geschlafen hatte. Denn ob sie das jetzt noch tun würde, schiene ihr ungewiß. Zu vieles habe sie da irritiert. Ganz persönlich in ihrer beider, Effis und der Freundin, Beziehung Zu-Tage-Getretenes zunächst. Also nicht von außen her, geschweige nicht, von ihm, Achim, her. Mit der Freundin sei es ihr überhaupt so ergangen: Sie habe ihr all das verkörpert, was sie selbst nicht oder doch nur ganz fragmentarisch gewesen sei. Vitalität, das vor allem, und sie erzählte Achim die Geschichte mit dem Tanzbein. Dann Emanzipation, und Effi knickte bei diesem Wort mit der Stimme leise ab. Sie habe davon so wenig besessen, und auch jetzt graue ihr bei den Konsequenzen davor. Und doch habe alles so kommen müssen, für eine wie sie, die dazwischen stünde, und das eine nicht mehr ganz und das andere noch nicht ganz tun könne. Sie wisse, daß er diese Freundschaft zwischen ihr und der Freundin gerne gesehen habe und sich davon für sie beide auch etwas versprochen habe. Aber das sei ausgeblieben und könne auch so nie eintreffen, für sie, Effi, nicht. Doch zurück – selbst wenn das irgendwo noch in Achims Absicht liegen könnte – könne sie jetzt ebensowenig, weil das jetzt sein Gesicht verändert habe und aus einem Freiraum ein Zwang geworden sei. Das sei natürlich mehr konfus und auf alle Fälle keine Lösung, aber sie sage ihm das auch nur, damit er sich nicht etwa auf Gedanken begebe, was denn jetzt aus ihr werden könne und solle. Gar nichts würde aus ihr werden können und sollen. Aber sie wolle ihn trotzdem bitten, ihr die Kinder zu lassen und ihr in diesem Punkt zu glauben, daß sie auch so einen Weg für sie finde, alle drei.

Und Achim, der sie mit hocherhobenem Kopf und doch gelegentlich mit einem fast unterwürfigen Gesichtsausdruck – so jedenfalls wollte es ein Minenspiel, das seine zuckende Oberlippe vollführte – angesehen hatte, schwieg jetzt, als diese kleine Pause in ihrer beider Gespräch entstand, hartnäckig und wie ärgstlich in sich hinein, um dann qualvoll und halblaut etwas zu murmeln, daß das ja eine Tragödie sei, schlimmer als er noch gedacht habe, so wenig ausgerüstet, wie sie, Effi, doch offensichtlich für das, was jetzt auf sie zukäme, sei. Und die Kinder, da sei gar kein Denken daran, daß er sie die da mithineinreißen ließe. Und wie im bösen Triumph hielt er ihr hin, kurz und gepreßt, doch dahin zurückzukehren, wo sie sich in den letzten Jahren aufgehalten habe, in die Arme dieser – nun ja, ihrer Freundin, dieser Frau also.

Und Effi sah ihn voll und rund an und erwiderte, daß sie das eben auch nicht tun könne, sie glaube nicht, nein. Denn da seien eben auch Prozesse gelaufen, notwendige wohl, die sie bei aller Verbundenheit auch wieder trennten und einmal sogar ganz dramatisch getrennt hätten. Denn sie, Effi, sei doch in erster Linie Mutter.

Das aber war Achim denn nun doch zu viel, und er sprang auf und trat auf Effi zu und schüttelte die an den Schultern und versicherte ihr, daß er so viel Ungereimtes und geradezu Unsinniges noch nie und dann noch auf einmal gehört habe. Aber er sehe ja, es sei jetzt alles zu viel für sie, und auch er habe wohl zu schnell und überstürzt gehandelt, und er nehme es zurück, das, was er von der Scheidung gesagt hätte. Sie könnten es ja wohl beide als eine Perspektive, vielleicht unumgehbare, im Blick behalten, es aber doch andererseits auch einer kritischen Prüfung unterziehen, ob nicht eben doch andere gangbare Möglichkeiten bestünden. Er jedenfalls für seine Person hielte es jetzt für ausgeschlossen, Effi so fortgehen zu lassen. Seidel und er hätten Fehler gemacht, das wohl sicher. Seidel ganz unbedingt, denn so eine Erziehung, wie sie Effi zuteil geworden sei, sei doch eigentlich in diesem Jahrhundert fast unverantwortlich gewesen. Natürlich könne und dürfe Effi Mutter sein, er sei ja in den günstigen Umständen, ihr das erlauben zu können, wenn er auch, ganz nach seinem persönlichen Gefühl gefragt, vielleicht lieber eine Frau gehabt hätte, die ihm so etwas wie eine Partnerin im Beruf und auch sonst gewesen wäre, doch sei er ja schließlich nicht so darauf angewiesen, daß das irgendwo eine existenzielle Frage für ihn bedeute. Sie könne also durchaus und guten Gewissens in seinem Haus, in ihrer beider Haus, Mutter sein, aber das andere – das schon im Interesse der Kinder – müsse aufhören, und wenn Effi ja selbst sage... Aber da unterbrach ihn Effi auch schon und schüttelte traurig den Kopf. Sie sage gar nichts oder doch jedenfalls nichts als Argumentation für ihn, sondern in innerer Auseinandersetzung mit der Freundin, die ihr zu wenig Mutter gewesen sei, um ganz mit ihr vertraut werden zu können, wie sie gewollt hätte.

Und Achim war es abwechselnd wohl und weh ums Herz, wie er sie so reden hörte, und so überzeugt er war, daß das im harmlosen Fall nur alles Ungereimtheit war, so irritiert war er auch wieder, wenn er sich erinnerte, daß sie, Effi, seine Frau, einiges davon doch schon immerhin in die Tat umgesetzt hatte, und was wußte er, was nicht. Und das legte etwas wie einen Wall um Effi. Und so sehr er sich auch bemühte, dahin durchzukommen und auf Effi zu, wußte er doch, daß er es nicht treffen würde, treffen könnte, was Effi nun eigentlich von ihm wollte oder schon nicht mehr wollte. Und das entmutigte ihn so, daß er fast tonlos sagte, daß sie in Gottes Namen auch weiter mit der Freundin zusammenkommen könne, wenn es so für sie richtig sei, er wisse ja nicht, wie sehr sie jetzt daran gewöhnt sei.

Aber da lächelte Effi ihn an und sagte ganz bezaubernd leicht, daß sie an gar nichts gewöhnt sei und grundsätzlich nichts so schnell vergesse wie Sexualität. Sich gewöhnen und hörig sein vor Gewöhnung könne immer allenfalls nur der Geist, der Körper sei unschuldig und stelle sich immer neu auf alles ein.

Und da kapitulierte Achim, und es bildete sich sogar ein ganz deutlicher, heftiger Wunsch in ihm, sie an sich zu ziehen und so zu umarmen, daß sie solch leichte, leichtfertige Worte nicht mehr würde sagen dürfen.

Und Effi, die das erriet, kündigte ihm an, daß sie noch zwei Liebesnächte in ihrem alten Leben abhalten wolle, die eine mit der Freundin, die andere mit ihm. Und da Achim, angesichts dieser Worte, ein leises Zittern überfiel, voll zärtlichen Ingrimms auf sie hin und – was nur ihn selbst betraf – voll Staunen, ja fast voll Neid auf sie, die nichts in ihren kleinen Händen trug, was sie mitnehmen konnte, und doch noch Liebesnächte anordnete, wippte Effi auf ihrem Stuhl mit den Schuhspitzen auf und nieder und dachte, daß sie jetzt eben erst anfinge, eine Frau zu werden. Achims Frau. Fähig, ihn zu verführen, wenn es sein müßte, immer wieder, bis er begriff, daß es die Frau ist, die im Verhältnis von Mann und Frau die Wege besser kennt, alle, die direkten und die umwegigen, wie auch die, die scheinbar kein Weg mehr sind.

Und noch lange nachdem Achim zur Ruhe gegangen und diese Ruhe auch gefunden hatte, ging Effi wach durch ein Haus, in dem sie schon angefangen hatte zu leben.

Pomme d'Apis

Und so geht es denn jetzt um die beiden letzten Liebesnächte Effis in ihrem alten Leben.

In Pomme d'Apis, einem kleinen Hotel vor Paris, gedachten Effi und ihre Freundin ihre letzte Nacht miteinander zu beschließen. Mit einem Tanz hatte es zwischen ihnen beiden angefangen, und mit einem Tanz sollte es zwischen ihnen beiden zu Ende gehen. Noch viele winzig kleine Schritte wollten sie miteinander tanzen oder einander im Arm liegen oder sich bei jedem zweiten Schritt einander an die Brust werfen, je nach Tanz der Gegend.

Der besondere Tanz dieses Abends vor ihrer gemeinsamen letzten Nacht war der Fandango. Mit hoch erhobenen Armen und schnalzenden Fingern standen sich die Paare gegenüber und schritten, hüpften, tanzten sich in einen Wirbel hinein von ganz schnellen kleinen Schritten. Und bogen sich nach links und bogen sich nach rechts und warfen sich vor und warfen sich zurück und schleuderten doch nie gegeneinander, nein, berührten sich nicht einmal. Das ist nicht der Sinn des Fandango.

In Pomme d'Apis jedenfalls tanzten sie unter dem Glasdach der Veranda, daß der Boden zitterte. Denn das darf nicht vergessen werden, zu einem Fandango gehören Kastagnetten. Und die Musikanten handhabten sie wie toll, und über alle Paare legte sich ein leuchtender Rausch von Schweiß.

Und als sie dann in die Nacht hinaustraten, Effi und die Freundin, an einen ganz kleinen, trägen Fluß vor dem Haus – oder war es ein Kanal –, da hatten sie stumm und ausgesöhnt die Arme wechselseitig umeinandergebreitet, um die Schultern der anderen gegen die Nachtluft zu schützen.

Und gingen wieder ins Haus hinein und die Holztreppe hinauf, in ihre Kammer von Zimmer, aber immerhin mit einem Bett, fast so breit wie lang. Und was wollten sie auch mehr. Und zogen sich die

Kleider vom Leib und legten sich nackt zueinander, die grollenden Kastagnetten noch in ihren Köpfen, und wie der Wind mit den Scheiben klapperte, die da nur lose verkittet und soeben noch in ihren Rähmen saßen, da suchte Effi den Mund der Freundin und teilte mit ihren Lippen die der Freundin und flüsterte ihr in den Mund, und alles Blut drang bis ganz dicht unter die Oberfläche ihrer beider Haut. Und machte sie warm.

Und wie die Freundin eine Hand auf Effis Hüfte legte, wünschten sie beide keine Veränderung, für eine lange Zeit nicht. Und dann stand das Bett für einen Augenblick auf dem Kopf, und die Zimmerdecke schien nicht mehr oben und der Boden nicht mehr unten zu sein, denn die Freundin hatte die Hand von Effis Hüfte zurückgenommen und sie ihr zwischen die Brüste gelegt. Und ließ sie dazwischen hinabwandern, schlank und kräftig gelenkig, wie sie war, diese Hand, fast robust in ihrer Männlichkeit, und doch auch weiblich flehend, weiblich und nackt und wissend, wie sie die kleine Rinne zwischen den Brüsten hinablief und die kleinen Erhebungen, fast Hügel, meisterte, bis sie an die Klippe kam und da reglos verharrte, wie unschlüssig, wie ängstlich, das feine . Haar mit dem Mittelfinger zu teilen, um die Spur fortzusetzen bis zu dem winzigen Punkt und dem winzig leichten Druck, der Effi bewegen würde, die Schenkel leicht zu öffnen und die Hände zu verkrallen, um spitze kleine Nägel in das Gesicht der Freundin zu drücken.

Und wie sie dann auch fortfahren würde, mit Effi zu verfahren, ob mit diesem winzig vibrierenden Tanz auf der Stelle dieses winzig kleinen Punktes, dieser festen kleinen Knospe, die doch so markerschütternd empfindlich reagierte, mit der gleichen Konsequenz, wie sich dann jedesmal zwischen den Brauen Effis die strenge kleine Falte bildete und sich deren Mund verschloß, oder ob sie wie fächelnd die Hautflügel auseinanderteilte, um einen Einlaß zu begehren in diese Dunkelkammer, die sich dann um ihren Finger schloß, Effi würde stumm und gegen jeden Laut feindselig versperrt, sich mit einem Wort leidenschaftlich lieben lassen.

Und konnte dann wohl auch ihrerseits leidenschaftlich entschlossen

sein zu lieben und zu verführen und auf der Freundin zu liegen
oder zu sitzen und mit dem Finger einer Hand Kreise in die Luft
zu zeichnen. Wie ein Knappe zu Roß, und wenn das männlich ist,
also auch männlich, vielleicht sogar buchstäblich männlicher
als die Freundin, von weither unbekümmert und auf den Ritt
konzentriert. Und konnte sich auch so an den Kopf fassen, als
bräche die Sonne zwischen den Zweigen durch und sie müsse ihn
schützen. Und dann konnte sie sich so über die Freundin werfen
und deren Mund suchen. Und dann lag die Freundin wie klafter-
tief unten, voller Hingabe an das, was Effi in dieser Liebesnacht
der Freundin zuraunte, fiebrig erregt, erbittert erregt. Denn das
konnte sie sich jetzt leisten, so wie sie jetzt auf der Straße der
Existenz stand, oder doch ganz kurz davor.
Und die Freundin hörte ihr zu, ergriffen und ungläubig. Effi würde
gehen, unfehlbar gehen, treu ihrer Straße, treu jedem Windzug,
treu jedem abfallenden Blatt, treu der Luft, die sie atmen würde.
Denn Luft ist lebenswichtig. Ganz illusionslos ging es Effi um Luft.
Das Glück war vorbei.
Eines Tages könnte sie so gut wie sein, die Monogamie, die Treue
zu dem ähnlichen Lebewesen anderen Geschlechts, auf der man
Häuser bauen kann, Häuser mit Schwalben im Sommer und Most
im Herbst und Äpfeln im Winter. Nie hätte Effi ein solches Leben,
das einzige, das sie für lebenswert hielt, mit der Freundin zu leben
geträumt. Das war nicht nur gegen die Natur, das war gegen das
Glück. Nur das Glück baut Häuser. Allerdings, wenn in diesen
Häusern die Fremdheit überhandnimmt, mit der sich Mann und
Frau voreinander zudecken, dann muß man wohl gehen. Sie, Effi,
jedenfalls mußte gehen. Und doch hatte das die Freundin so nicht
gewollt, nicht bis in die Konsequenz des Bruchs hinein gewollt,
geschweige denn mit ihr, die jetzt so arm zurückblieb. Was dachte
sich Effi denn. O, das las sie gut in Effis kaltem Gesicht, das in
der Glut und trotz der Glut jetzt die endgültige Zurückweisung
nicht verriet, zu der sie sich entschlossen hatte und in die sie
sie unfehlbar entlassen würde, sobald Pomme d'Apis die Läden

öffnete und den geselligen Lärm wieder aufnahm.

Und so hatte diese Nacht bis zum Morgen hin denn noch mancherlei Wendungen zu durchstehen, von dem ersten besinnungslosen Rausch nach Mitternacht bis zu der Ernüchterung eine knappe Stunde später, bis zu Effis Ausbruch von Redseligkeit und wiederum deren Erschöpfung und Ermüdung, bis zu den leidenschaftlich insistenten Vorhaltungen der Freundin als Antwort auf diesen Aufruhr von Effis Seele und ganz zum Schluß bis zu dem grauen, nüchternen, trostlosen Kummer der Freundin, der still ins Kopfkissen tropfte, während Effi sich bereits anzog, die Achselspangen ihres Unterrocks einhing und das Gesicht unter den Wasserstrahl hielt und dann zum Frühstück ging, nur ganz leicht müde und elegant – dachte die Freundin in ihrem Bett – wie eine Dame.

Natürlich haben sie dann noch zusammen gefrühstückt, und Effi hat geplaudert und der Freundin die Zuckerstückchen in den Kaffee gleiten lassen und Milch dazu gegeben.

Aber dann brach die Sonne über den kleinen, trägen Kanal vor ihrem Haus, und Effi zwinkerte lustig in das sprühende Licht und tauchte ihren dritten Brioche in den Milchkaffee.

Der Schläfer

Und diese hier war die letzte Nacht mit Achim. Sie waren an eine Talsperre gefahren, fast rund wie ein Teich und mit düsterem Baumbestand, Tannen, vollständig mit Tannen überzogene Hügel faßten sie ein. Etwas zurück lag das Forsthaus, in dem sie zu übernachten gedachten. Vom Wasser fort schlingerte ein kaum ausgetretener Pfad. Farn rechts und links und kniehoch. Achim bog leicht den Rücken ein, aber das wohl bloß aus alter Gewohnheit, denn die Bäume standen hoch und frei. Es war durchaus schon Abend, so ein Abend mit orangener Mondsichel und graublauschwarzer Luft.

Und Effi war es nicht nach Lust, so ein kalter Graus hatte sie angefaßt, sobald sie ausgestiegen und die wenigen Schritte an die Talsperre hinunter und dann im Kreis um sie herumgegangen waren. Effi ging es, wenn das möglich gewesen wäre, um Liebe. Und sie hätte auf der Stelle kehrtgemacht, wenn sich diese Wende vollzogen hätte – unvorstellbar, daß sie sich vollzog –, daß Achim sie hätte lieben können, lieben müssen, so wie sie war und ohne sie zu beschneiden. Wie zur Probe hängte sie den Arm bei Achim ein, und so leicht ihr Schritt war, so schwer dünkte sie der feuchtkalte Nebel, der sich auf ihr Haar und ihre Schultern gelegt hatte. Da entschloß sie sich, mühsam zu gehen. Der Entschluß wurde ihr vielmehr abgenommen, sie konnte gar nicht mehr leicht gehen, selbst wenn sie es gewollt hätte. Und auch Achim verhielt den Schritt, geradeaus ins Profil blickend, stumm und unentwegt, wenn jetzt eben auch mit spürbar verlangsamtem Schritt.

Aber da war auch das Forsthaus schon nicht mehr weit, und Effi drängte jetzt Achim doch auch wieder, schneller zu gehen, denn ins Licht wollte sie nun einmal und in die Wärme.

Es war eigentlich kein Forsthaus mehr. Es sah nur noch so aus. Achim hatte es für die Nacht von einem Kollegen überlassen

bekommen, der es selbst nur zum Wochenende, und das nicht einmal regelmäßig, aufsuchte. Aber es war hübsch, und als sie direkt davorstanden, faßten sie sich wie Kinder an der Hand. Denn wenn Mann und Frau vor einem Besitz stehen, dann entsteht eben leicht der Wunsch, selbst so einen begründen und haben zu wollen. Sie denken wohl in solchen Augenblicken auch gern an Kinder und Kindeskinder, denn Mann und Frau können ja durchaus eine lange gemeinsame Zukunft haben, eine wirkliche Zukunft mit Erben. Zwei Frauen vor einem Besitz dagegen, die stoßen sich, nur ganz leicht mit den Schultern an, übermütig und vor verhaltenem Lachen schon prustend. Denn was sollten die wohl auch mit Besitz, so kinderlos, erbenlos, geschichtslos mit einem Wort, wie die nun einmal sind. Und Effis Seele durchfuhr noch einmal der Zorn auf die Freundin, die ihr das geraubt, ihr Leben doch eigentlich geraubt. So ein Hohn, mit Achim, immerhin ihrem Mann, noch ihrem Mann, vor einem so hübschen Haus zu stehen. Der plötzliche Zorn zog Effi ganz in seinen Bann. Wie eine von den Tannen wollte sie sich in den Boden einwurzeln lassen, dicht am Haus. Dann mochte der Nebel sich nur so in ihre Zweige hängen und der Wind unter ihre Äste fahren, sie würde hier stehen und
keinen Zoll breit weichen. Was hatte die Emanzipation aus ihr gemacht! Dieses blasse Triumphgefühl, diese abersinnige, unverpflichtete Freiheit, wozu denn nur. Nein, das Haus und eine Frau in dem Haus, die beim kleinen Schein der Lampe noch hin und her ginge, um etwas zu ordnen, bis der Mann nach Hause käme. Da hatte die Freundin also ihren Zweck erreicht und sie tödlicher mit Achim entfremdet, als wenn sie sie oder ihn umgebracht hätte. Und Effi suchte in der Aufregung nach einem Ast, der sich als Knüppel eignen mochte, falls sie ihr noch einmal begegnen würde. Morgen schon, wer wußte das, denn ab morgen war Effi ja vogelfrei, und sie, die Freundin, hatte sie in dieses Elend gebracht. Und Achim, der sie mit dem Ast, ja, bei Gott Knüppel von Ast sich bewaffnen sah, sprang eine bange Lust an, daß das ihm gelten könne und rüstete sich schon auf einen ganz gezielten und doch

wie zärtlichen Kampf.

Das ist eben das Gute an Männern und vielleicht ganz besonders Ehemännern, daß sie uns lieben, wie eine andere Frau ganz außerstande ist, uns zu lieben – aus einem Überschuß an Kraft, wirklicher, und von einer langen Tradition aus Vorurteilen erborgter. Was wären wir ohne Männer. Wir sind uns als Frauen immer nur auf gleiche Schattenlänge voraus.

Und Effi schloß wie erlöst die Lider und ließ sich ganz entspannt und folgsam in das Haus führen und sah Achim zu, wie er vorschriftsgemäß im Kamin das Holz schichtete.

Und wie sie Achim gefiel, diese Effi, seine Effi, die er in das Haus eines Kollegen entführt hatte, hinter einem Teich von Talsperre, zwischen endlosen Tannenwäldern. Ja, hier war er Herr der Lage, und wenn sich Effi auch mit knüppeldicken Ästen auszurüsten geruhte. Und nachher – das Feuer knisterte lustig im Kamin und schlug hohe blaue Flammen – saßen sie einander im Bett gegenüber, auf dem Bett, buchstäblich noch auf der Paradedecke des breiten Ehebetts des Kollegen und seiner Frau. Effi nackt, Achim bekleidet, mit einem Pyjama bekleidet, den er im Bad des Kollegen gegen seine Kleidungsstücke eingetauscht hatte. Und Achim weidete sich an Effi, so nackt und bloß und mit über der Brust verschränkten Armen sie vor ihm saß – es war das alte Verhältnis –, und wenn er ihr auch unmißverständlich die Grenzen seines Hauses und seiner Langmut gezeigt hatte, so war er doch wie lauernd bereit, sie wieder aufzunehmen, fast skrupellos bereit in diesem Augenblick. Mochte sie doch ruhig mit der Freundin – was machte das ihm, Achim, eigentlich denn schon aus.

So fragte er sie denn halb listig, halb betroffen neugierig aus, nach den Spielchen, die sie und die Freundin .. .

Und Effi – ihres Zornausbruchs vorhin nur zu eingedenk – antwortete ihm bereitwillig und streckte sich vor ihm aus und ließ den Finger in der kleinen Rinne hüpfen, die zwischen ihren Brüsten hinablief über Wellen und Hügel, und ließ ihn sich in dem wolligen Dickicht verfangen und erklärte ihm die Möglichkeiten dieses Dickichts für Versteck und Gefahr, bis Achim bei ihr war und ihr ihre kleine Erklärung aus der Hand nahm.

Und so blieben sie eine Zeit verklammert, die ganze kleine Ewigkeit ihrer Ehe, die sie nicht mehr zusammensein würden, bis sie sich voneinander befreiten und schnell und wie erlöst in den Akt übergingen, der sie am ganzen Leib miteinander verband. War doch Achim gut und sicher getäuscht, Effi wieder an seiner Seite zu haben, und Effi von einem ziehenden, ahnenden Schmerz erfüllt, daß sie dennoch aus freien Stücken und notfalls mit Gewalt ausbrechen und gehen müsse. Und das würde bereits nichts mehr mit der Person Achims zu tun haben, sondern allein mit der Notwendigkeit, mit der alles, was angefangen hat, an sein Ende gebracht werden muß, und so auch ihrer beider Auseinandersetzung und Auseinandergehen. Ja, ihrer beider Schicksal war jetzt eben doch durch die Tatsache der angefangenen und unvollendeten Emanzipation Effis besiegelt, und diese Notwendigkeit spürte Effi im Nacken, sie zu vollenden, wenn sie auch nicht wußte, wozu. Obgleich – ob es sich wirklich darum handelte, um angefangene und unvollendete Emanzipation, das wagte sich Effi gar nicht erst zu bestätigen. Denn alle Emanzipation entsteht an einer Auflehnung und hat ein Ziel. Und beides traf nicht auf Effi zu. Sie wollte nicht irgendwo weg und irgendwo anders ankommen. Sie war immer schon zu Hause.

Nur, wenn sie so nicht mehr zu Hause sein durfte, blieb nichts als die Straße. Und im Gehen kann man sehr wohl auch auf einer Straße träumen. Träumen von den Häusern links und rechts der Straße, von dem Licht in diesen Häusern und dem, was das Licht verbirgt. Denn nur die Dunkelheit ist offen und redselig.

Warum ist in den Häusern so wenig Platz für Dunkelheit? Warum schlafen Männer und wachen Frauen und beide beides allein? Aus eurem Schlaf fallen wir heraus, kaum daß ihr uns in ihn hineingenommen habt. Was seid ihr so sorglos, schon bei euren Plänen für morgen. Wie stehen wir euch im Weg, Frauen, nichts als Frauen, treu eurer zusammengezogenen Braue, treu eurer

Defensive, nein, nicht treu, aber an eure Weisungen gebunden. Unter der Welt weg, gebunden, weisungsgebunden, liebegebunden, warten wir auf nichts als auf euch.

Effi jedenfalls hatte schon längst mit der Zunge die Verantwortung geschmeckt, die unter der Freiheit liegt. Die Kinder würde sie sorgsam verpackt in den Leiterwagen setzen und mancherlei Gedanken der Sorge und der Freiheit nachhängen und die Wolken wechselnd sich am Himmel ballen sehen.

Aber da sah sie auch schon unter sich, zwischen ihren lose verschränkten Armen hindurch, Achim liegen, nackt wie um auszuruhen auf das Bett zurückgestreckt. Und wie auseinandergenommen von Verzweiflung setzte Effi sich zurück.

Ihrer beider Haus, das Haus gegen den Wald, hatte selbst sein Licht gegen den Wald behauptet und sich nicht einfach vom Licht baden lassen, um dann auch wieder die Dunkelheit hinzunehmen, wenn sich der Tag verdunkelte. Daher waren Effis Waldgänge von vornherein so etwas wie Aufruhr gewesen, zumindest aus der Perspektive des Hauses, oder, was dasselbe ist, Achims. Denn warum geht man in den Wald, wenn man doch ein Haus hat.

Warum wohl? Alles, was die Welt geliebt hat, hat beides geliebt, das Licht und den Schatten jedenfalls, weil das eine nicht ohne das andere ist. Nur die weggehen, wissen, was Zuhause ist. Aber Weggehen, um zu Hause zu sein, ist etwas anderes, als Weggehen, um frei zu werden. Wo wir doch ganz und gar in die Freiheit hineingelegt sind.

Ganz und gar in die Freiheit hineingelegt, dachte Effi ohne jeden Aufruhr, und die Straße, die Straße wollte sie nur beschreiten, bis der Tag käme, an dem auch Achim, wenn das sein könnte, von mancherlei geweckt, und vom Dunkel nicht zuletzt, so neu auf sie zukäme, und dann könnten sie Häuser bauen. Denn das Glück baut die Häuser sozusagen von selbst.

Effi jedenfalls blieb vorerst nichts, als Achim den Glanz von kaltem Schweiß von den Augenlidern zu küssen, immer und immer wieder, und über ihn hinweg, der auf dem Bett eingeschlafen war, so ausgestreckt, wie er sich hingelegt hatte, dem Morgen beim Grauen zuzusehen. Und der kam, mit grauem, dann bleichem, dann sonnengelbem Licht, und Effi verließ den Schläfer. „Will dich im Traum nicht stören, hab acht für deine Ruh!"

Und war so ganz geworden, was sie werden mußte, Johannes Seidels Tochter und auch dessen Lieblingsliedermachers Kind, Franz Schubert, dies auch der bangen Frage zum Trotz, die sich dennoch des öfteren auf dessen Lippen stahl: „Und was wird aus mir armem Musikanten?"

Diese Frage für Effi zu beantworten mögen die Meilensteine auf der Straße, die Effis Weg jetzt säumen, gut sein.

DER ANDERE TEIL

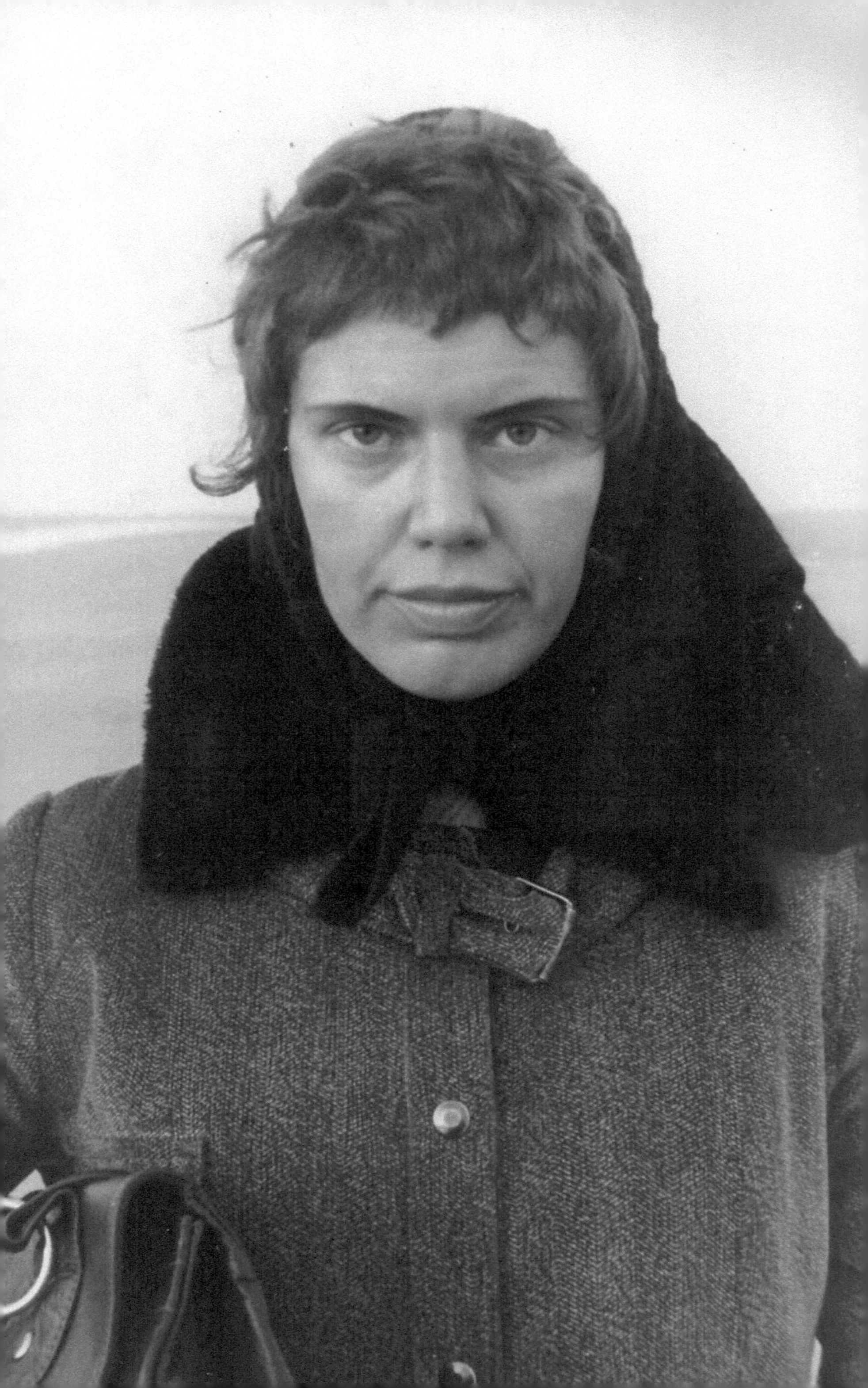

URSULA ERLER

ALLTÄGLICHE BLOSSSTELLUNGEN

KURZE GESCHICHTEN

Foto: 1972 Valkenisse, Niederlande

INHALTSVERZEICHNIS

Ende der Sympathie:

Er ging die kurze breite Straße bis an ihr Ende durch. Und sah sich um. Keiner folgte ihm. Nichts Besorgniserregendes. Da lehnte er sich an das Schaufenster des Schuhgeschäfts an der Ecke des Endes der Straße mit seinem ganzen Gewicht. Das Glas klirrte, sprang, schnitt ihn oberflächlich, er saß zwischen den Schuhen. Eine Traube von Menschen bildete sich schnell vor der Schuhauslage. Er sah sie an. Und von hinten griffen ihm zwei Verkäuferinnen unter die Arme.

Gegenüber dem Schuhgeschäft auf der anderen Seite der Straße befand sich eine theologische Buchhandlung. Ein junger Mann im grauen Anzug, Verkäufer in der theologischen Buchhandlung, überquerte jetzt die Straße und stellte sich in die Traube der Zuschauer.

Da wurde der in der Schuhauslage zornig und schrie den Verkäufer an: „Ich bin am Ende. Packen sie doch mit an! Erbauungsliteratur!" Der Verkäufer lächelte verlegen und geschmeichelt. Alles wandte sich ihm zu, und die beiden Mädchen in der Schuhauslage zogen die Arme von dem Opfer des kleinen Verkehrsunfalls in ihrem Schuhgeschäft zurück und blickten erwartungsvoll auf den Verkäufer aus der theologischen Buchhandlung.

„Einen Moment", stammelte dieser und wollte sich entfernen, um tatsächlich etwas Passendes aus seiner Buchhandlung zu holen. Er schwankte nur noch, ob mehr essayistisch, also in Traktatform, oder literarisch. Wie „Stern über der Grenze" von Ezhard Schaper zum Beispiel. Es gibt ja Gott sei Dank eine christliche Erzählkunst. Aber da stand der in der Schuhauslage bereits auf und bewarf sein Publikum mit Schuhen. Sie pfiffen durch die Luft und trafen hier eine Backe, dort eine Brille, da eine Aktentasche. Die Leute duckten sich. Nur der Verkäufer aus der theologischen Buchhandlung blieb souverän. Er wuchs jetzt sogar sichtlich in seine Rolle als Verkäufer christlicher Literatur.

„Es ist nie zu Ende", sagte er laut und begeisterungsfähig. „Doch", sagte der andere, „immer und längst. Habe alles abgeklärt. Die Telefonseelsorge noch gestern Nacht."

Mitleid glomm hier und da auf einem gesenkten oder doch halb geduckten Gesicht auf.

Da trampelte der im Schuhgeschäft auf den Scherben des Fensters und schrie: „Meine Frau ist mir nicht davon gelaufen. Meine Kinder lernen gut in der Schule. Die Miete für den nächsten Monat habe ich zurückgelegt. Ich bin bereit."

Vorsichtig hob mancher den Kopf: Ob er jetzt eine Pistole aus der Brusttasche … . Er sitzt auf dem Boden. Auf dem Teppich Blätter. Seine überspätete Dissertation. Heidegger. Alles Holzwege. Verhauen und verholzt.

Den Mann aus dem schwarzen Wald mochte sein Ruhm trösten, zumindest im Ausland, und eine vollständige Werkausgabe hierzulande. Aber was tröstete ihn?

Existentialismus ade. Camus ist tot. Schon lange. Und Sartre Maoist. Nur er hat den Anschluss verpasst. Sicher, die Sagan verkauft sich immer noch ganz gut. Bon jour tristesse. Bon soir tristesse. Aber er ist nicht die Sagan.

Er ist Hans Otto Weber, von dem sein Professor so manches hielt. Sein Professor hatte sich über Kierkegaard habilitiert. „Angst und Sprung bei Sören Kierkegaard."

Alles hatte längst den Sprung ins gesellschaftliche Engagement getan. Anfangs beim SDS. Später in den Jugendorganisationen der Parteien.

Oder, wenn es ganz ernst gekommen war, in die DKP. Selbst die Theologie hatte aus der Situation existentielle Betroffenheit herausgefunden und auf ihren letzten Kirchentagen große Laden-straßen zur Welt hin gebaut.

Alle überschlugen sich in Engagement. So viel Minderheiten, so viel Randgruppen! Die Humanwissenschaften unüberschaubar. Zeit, sich die Pistole an die Schläfe zu setzen? Doch nicht. Komm,

Spott der Welt, und spott mich tot.

„Ich bin unsympathisch", gestand der Mann im Fenster, „vom ersten Lebensaugenblick an unsympathisch. Meiner Mutter. Meinen Schwestern. Meinen Kollegen. Meiner Frau. Meinen Kindern. Ich muss immer von mir reden. Stecke in einer Zwangsjacke. Warum liebt ihr mich nicht? Meine Töchter mögen mich nicht, wenn ich nachts noch einmal zu ihnen hereinkomme um zu sehen, ob die Jalousien auch gut verschlossen sind. Meine Frau mag mich nicht, wenn ich mir im Schlafanzug neben ihr die Bettdecke über den Kopf ziehe. Meine Kollegen verschieben den Witz, den sie gerade erzählen, wenn ich auftauche. Alles läuft vor meinen Augen davon."

Die Leute sahen ihn sich jetzt an. Er war tatsächlich mager und kleiner als mittelgroß mit rotblonden Stoppeln von Haar, vielleicht auch picklig, und sicher etwas miefig im Geruch seiner Kleidung.

„Wer sich selbst aufgibt", sagt da hart und kompromisslos der Verkäufer aus der Buchhandlung gegenüber, „den gibt alles auf."

„Und wer sich selbst annimmt", fährt der Mann im Schuhgeschäft fort, „der sieht ins Himmelreich" und setzt jetzt wirklich die kleine Pistole an die Schläfe und erschießt sich ganz schnell damit.

Eine helle Nacht:

Es ist ganz hell im Zimmer. Aber es brennt kein Licht. Die Nacht
ist so hell. Juni.
Zwei Köpfe stoßen kurz aneinander. Mann und Frau. Jetzt steht
er auf, mit grimassiertem Gesicht und die Hand wie theatralisch
zur Faust geballt und gegen die eigene Brust gekehrt. Sie hat ein
schwarzes Wollkleid an und schwarze krause Haare: Wie eine
Zigeunerpuppe.
Lächerlich, so eine kleine Frau. Aber aus Fleisch und Blut und mit
einer runden Brust unter dem Kleid und mit feinen Handgelenken.
Soll er die packen? Soll er die schütteln? Besser auf die eigene
Brust, den Trommelregen von eigenen Faustschlägen.
Sie war untreu. Und er ist pathetisch. Öfter als sie war er untreu.
Aber, sollte sie das gewusst haben, hat sie unpathetisch reagiert.
Kleine Hure. Kleine Frau. Er schluchzt. Er will jetzt mit ihr brechen.
Fünf Jahre haben sie zusammengelebt. Wie Eheleute. Ein Ehepaar.
Sie hat ihm fünf Jahre lang morgens ein Dreieinhalbminutenei
gekocht und dabei gesessen, wenn er gesessen, wenn er gefrühstückt
hat, die runde Brust unter dem Wollkleid, Katunkleid, Perlenkleid.
Etwas später dann als er ging sie aus dem Haus. Verkäuferin in
einem Warenhaus. Er Kranführer.
In so einer hellen Nacht kann man nicht schlafen. In so einer
hellen Nacht muss man sich trennen.

Regen:

Die beiden Männer, die da eben zur Mittagspause die Bank verlassen
in der Kleinstadt G., der Vorgesetzte und seine jüngere rechte
Hand, sind homosexuell.
Karin, die zwölfjährige Göre des Pförtners des Bankhauses weiß
es ganz sicher. Von ihrem Vater, dem Pförtner. Hun.
Ei, ei, ei, was seh ich da, ein verliebtes Schwulenpaar.
Zu sechsen sind sie da und regelmäßig pünktlich zur Stelle, die
Freunde Karins, in der Mittagspause, nach Schulschluss. Und
grölen das Bankhaus an, bis ganz zuletzt – meistens – die beiden
Männer, jeder eine Hand in der Hosentasche, eine Spur hastiger
als die anderen aus dem Haus kommen um essen zu gehen und
noch eine Tasse Kaffee zu trinken.
Der Vorgesetzte ist lang aufgeschossen, aber schneidig, und sein
kurzes graues Haar macht ihn jung. Der Jüngere ist schlaksig und
nervöser als der ältere.
Heute regnet es. Und Karin hat eine Mütze auf dem Kopf. Und
hält einen Plastikdrachen an einer Kordel. Es ist Herbst. Wie die
beiden homosexuellen aus dem Bankhaus herauskommen, stellt
sich Karin vor die beiden hin und sagt: „Macht es wenigstens Spaß?"
Da gibt ihr der Ältere, Vorgesetzte, eine Ohrfeige. Karin kreischt
ganz laut, dass viele Leute stehen bleiben und sich umdrehen.
„Diese Schwulenschweine", schluchzt Karin, „haben mich ge-
ohrfeigt. Die ohrfeigen Kinder!"
Eine dickere ältere Frau packt einen noch dickeren Mann, der sich
an der Gruppe vorbeidrängen will, am Arm und schreit den an:
„Haben sie das gehört?"
„Unerhört", „Skandal", „Polizei" dringt es an die beiden Männer,
die lautlos in der Menge stehen. Sie sehen einander nicht an,
untadelig gekleidet vor der Kulisse des Bankhauses.
Eine junge Frau kämpft sich durch das Knäuel und geht auf den

älteren der beiden Männer zu und sieht dem ins Gesicht. „Sie haben ihn ja verführt", sagt sie verächtlich und – mit einem kurzen Blick von oben bis unten über die Person seines jüngeren Freundes –: „Den kriegte eine wie ich wieder hin."
Da wendet der Jüngere dem Älteren den Kopf zu, blass, aber ermutigend. Und der Ältere fängt den Blick auf und hält sich eine kurze Weile daran fest. Bis ihr zögerndes Einverständnis extrovertiert. Sie lächeln die Menge an, und spöttisch fassen sie sich unter den Arm und gehen zum Essen.
Und der Regen tropft Karin auf die Nase.

Impotenz:

Jakob Bell ist impotent. Seine Frau Annemie war wegen ihm dreimal beim Psychiater. Jakob Bell selbst weigerte sich mitzugehen. Alleine auf dem Klo glückte es Jakob Bell so gut. Wozu da einen Psychiater. Das konnten allenfalls Umweltstörungen sein. Mit sich alleine klappte es. Er sagte es ja immer: „Einer mehr ist zu viel."

Aber Annemie, seine Frau, war uneinsichtig und hartnäckig und kramte sogar alttestamentarisch bedrohliches Paragraphenwerk hervor, wonach es dem Mann obliegt, mit seiner Frau in der Ehe, die Ehe auch zu vollziehen. Eheliche Pflichten.

„Nun", sagte Jakob Bell, „gemach."

Aber Annemie war nicht gemach und wurde sogar immer ungeduldiger.

Eines Tages sang ein Vogel. Und Jakob Bell hörte ihm verzaubert zu. Es war der erste Frühlingstag des Jahres. Und die Krokusse standen schon in den Vorgärten, und die Schneeglöckchen lugten so schüchtern noch halb in der Erde, aus der sie soeben kamen.

„Frühling", sagte Jakob Bell zu sich selbst.

Dann sah er auf seine Aktentasche und seine Uhr und starrte auf der mit weit aufgerissenen Augen die vertanen fünf Minuten an. Ins Büro kam er zu spät. Und Fräulein Gisela sagte es ihm auch geradezu. Und war überhaupt so übermütig heute.

„Frühling" sagte er da in deren Gesicht hinein. Und die blitzte ihn so ein Bisschen mit den Augen an, als ob sie es schon wüsste.

„Ach", sagte er da und verstaute sein Butterbrot im Schubfach seines Schreibtischs, „ach, Fräulein Gisela."

„Ja?" die neugierig und nahe über den Schreibtisch weg.

„Wenn ich nicht impotent wäre, so richtig impotent, Fräulein Gisela", sagte er, „dann würden wir uns heute einen schönen Tag machen."

Fräulein Gisela zog die Brauen hoch und unterließ es nicht, ihn entgeistert zu fragen. „Was?"

„Meine Frau kann nichts dagegen machen", fuhr Jakob Bell nachdenklich fort, „und der Psychiater auch nicht. Aber vielleicht der Vogel."

Jetzt wurde Fräulein Gisela direktzu unruhig und fast besorgt und hielt ihm heftig entgegen, was das denn mit dem Vogel zu tun habe.

„Ja", sagte Jakob Bell, „das ist es ja eben. Dass sie das verstehen müssten. Kommen sie doch ganz schnell einmal mit mir heraus. Ich zeige ihnen den Vogel."

Da ging sie verwundert neben ihm her auf die Tür zu und etwas unsicher und sich häufig zurückdrehend neben ihm weiter bis zu der Stelle mit den Vorgärten und Krokussen und Schneeglöckchen. Und richtig, da saß der Vogel immer noch und sang.

„Nun", fragte er, „was habe ich gesagt?"

„Ein Vogel", sagte Fräulein Gisela ratlos und ohne eine Spur von Verständnis.

Da gestikulierte Jakob Bell mit den Armen in der Luft und rezitierte dabei:

‚Frühling lässt sein blaues Band
Wieder flattern durch die Lüfte
Süße ahnungsvolle Düfte …'

Fräulein Gisela war jetzt ganz misstrauisch. Jakob Bell war ein netter Kollege. Sicherlich. Und sie hatte sogar schon einmal daran gedacht, mit ihm einen netten Abend zu verbringen. Aber das hier am helllichten Tag war doch geradezu lächerlich. Und sie warf den Kopf in den Nacken und ging zurück.

‚Leise flehen meine Lieder' sang Jakob Bell verzerrt und falsch hinter ihr her und sah dann stumm auf den Boden vor sich hin. Das war ein Lied aus der Platte mit Fischer-Dieskau, die ihm seine Frau neulich zum Geburtstag geschenkt hatte. Der hatte jetzt schon die dritte oder vierte Frau und sah immer gleichbleibend verliebt aus.

Aber Jakob Bell hatte eben nur eine und eine zweite wollte schon

nicht einmal neben ihm stehen und einem Vogel zuhören.
„Zwei sind eben immer zu viel", sagte sich Jakob Bell und öffnete
den Hosenlatz und entleerte langsam sein Glied in der frischen
Morgenluft auf die Erde des Vorgartens.

Weine nicht Marianne:

Marianne sitzt in einem Kleid mit großen gelben Blumen auf dem Stuhl. An den Wänden ihres Zimmers eine gelbe Blumentapete. Auf dem Tisch vor ihr Blumen auf einer gelbgeblümten Decke. Sechzig Zigaretten am Tag. Manchmal achtzig.
Marianne ist Hausfrau. Ehefrau. Kinderlos. Ihre Wohnung räumt sie morgens in einer halben Stunde auf. So flink ist Marianne. Dann setzt sie sich hin, um eine kleine Zigarettenpause zu machen. Es ist acht Uhr dreißig.
Um neun Uhr hat sie schon fünf Zigaretten geraucht. Sie geht ans Fenster und schöpft etwas Luft. Dann schließt sie es wieder. Es könnte zu kalt werden, und dann müsste sie heizen. Sie könnte einkaufen gehn. Aber sie hat schon alles für die Woche in der Kühltruhe. Außerdem würde sie nur Geld ausgeben, das sie nicht haben.
Besser macht sie ihre zweite Zigarettenpause. Neun Uhr dreißig. Marianne hat jetzt zehn Zigaretten geraucht. Sie könnte etwas ausgehen und einen kurzen Spaziergang machen. Aber – Marianne nagt an ihrer Lippe – im Park sind die Frauen mit den kleinen Kindern. Soll sie da so zwischendurch gehen, alleine? Nicht einmal mit Hund? Marianne lässt den Gedanken fallen. Sie lässt ihn ohnehin jeden Morgen um neun Uhr dreißig fallen. Und raucht die nächsten fünf Zigaretten. Es ist zehn Uhr.
Marianne geht aufs Klo. Und kommt auf die erlösende Idee. Die Zehnuhrmorgensidee. Sie könnte arbeiten gehen. Helmut verdient nur neunhundertundsechzig Mark netto. Ja, aber Helmut beweist ihr jeden Abend, wenn sie von ihrer Zehnuhrmorgensidee spricht, dass das doch immerhin ganz ausreichend ist für sie beide. Oder hat sie über etwas zu klagen? Ihr Bier haben sie im Kühlfach oder trinken es in der Kneipe gegenüber. Und dreimal im Monat Kino ist auch drin. Und Fernseher, wozu haben sie denn schließlich einen

Fernseher. So oft kann man dann doch abends gar nicht aus dem Haus gehen. Was soll denn der Fernseher denken? ,Ja, Helmut', sagt dann Marianne ungefähr jeden Abend.

Bis elf Uhr raucht Marianne die nächsten zehn Zigaretten. Dann macht sie sich etwas zum Mittagessen. Sie muss ja schließlich auch leben. Leber oder Spiegelei oder Tomatenreis oder Nudelauflauf. Marianne ist jetzt eine halbe Stunde ganz konzentriert. Und danach noch eine halbe Stunde. Das Essen will gegessen werden. Und dann der Abwasch.

Dann ihr Tässchen Kaffee. Nur eins. Kaffee greift das Herz an. Aber natürlich eine Zigarettenpause. Und Marianne raucht. Und hat bis dreizehn Uhr dann schon ihre halbe Tagesration hinter sich gebracht. Fünfunddreißig Zigaretten.

Noch vier Stunden. Dann kommt Helmut zurück. Und Leben in die Bude. Von dreizehn bis vierzehn Uhr zwingt sich Marianne alle zehn Minuten zu etwas Gymnastik. Das verringert auch ihr Rauchbedürfnis. Wenn es regnet, legt sie sich nachmittags um drei auch noch einmal eine halbe Stunde aufs Bett. Schließlich sieht Helmut ja eine ausgeruhte Frau lieber als eine unausgeruhte. Die längste halbe Stunde ist die von sechzehn Uhr bis sechzehn Uhr dreißig. Da bekommt Marianne manchmal sogar einen Weinkrampf. Es ist ja jetzt alles gut. Und sie hat den Tag soweit auch gut überstanden. Aber diese halbe Stunde.

Denn in der letzten halben Stunde muss sie sich hasten, um mit dem Abendbrot für Helmut fertig zu werden. Und vielleicht gehen sie ja auch noch etwas aus. Oder einer kommt. Vielleicht sogar mit seiner Frau.

Nur diese halbe Stunde. Sie braucht tödlich viel Zeit. In ihr raucht Marianne allein zehn Zigaretten. Vielleicht – sie weiß nicht – auch deshalb, weil ja meistens dann doch auch wieder nicht mehr so viel passiert, wenn Helmut dann glücklich da ist. Vielleicht setzt er sich auch nur aufs Bett oder zieht die Zeitung heraus oder geht gleich an den Fernseher.

Trotzdem, man kann nie wissen. In dieser halben Stunde ist

Marianne ein Mensch, ein aufgeregter, ein verzweifelt hoffender
Mensch.

Aber da steht auch schon der große Zeiger still auf der sechs. Halb
fünf. Marianne springt auf. Marianne trällert ein Lied. Marianne
kocht Helmuts Lieblingsessen. Er schellt. Die drei oder vier leeren
Zwanzigerzigarettenpackungen fliegen in den Mülleimer. Rasch
noch ‚Nur ein Tropfen‘ in den Mund geträufelt. Dann küsst es
sich besser.

Das ist seine Frau. Wie die ihren Helmut immer erwartet. Da kennt
Helmut von den Kollegen her schlimme Dinge. Also da haben
einige berufstätige Frauen. Man kennt das ja. Und die Wohnung
eine verkommene Schlafstätte. Und die Frau, wenn schon zurück,
in Lockenwicklern und Unterrock und mit ihren Gedanken schon
wieder beim nächsten Morgen am Arbeitsplatz.

Helmut zieht Marianne aufs Knie.

Weine nicht Marianne, in zehn Jahren erlöst dich der Krebs.

Genie:

Robert Götze hielt sich für ein Genie Er wusste zwar nicht haargenau, was das war. Er war auch erst sechsundzwanzig Jahre alt und lebte in der zweiten Hälfte des zwanzigsten Jahrhunderts. Ein Genie – auf welche Vorbilder konnte man da noch zurückgreifen? Auf Lenz. Sicherlich. Auf Faust. Wie peinlich. Nach Hitler hat sich Faust unmöglich gemacht. Auf Einstein. Aber der hat sich doch selbst am Ende die Zunge herausgestreckt. Auf Napoleon. Aber der Code Napoléon hat ja längst Schimmel angesetzt. Auf Kreisler, Hoffmann-Kreisler, ja, aber damit begibt man sich in die Nähe der Psychiatrie wie bei Nietzsche, Hölderlin …

Allerdings, die „Lehrjahre auf der Couch" verkaufen sich gut. Und wenn man vernünftig bleibt, fünf Schritte vor, sechs Schritte zurück in Richtung Schizophrenie kommt man vielleicht ganz gut weg.

Also, die Linke hat etwas gegen Genies persönlich und im allgemeinen auch. Und die Rechte zögert, einen oder etwas zu Lebzeiten genial zu nennen. Und die Mitte ist eben die Mitte und hat von Haus aus wenig Sinn für Genies.

Robert Götze ging zur Couch und legte sich darauf, auch wegen des erwähnten Bucherfolgs. Er war trotzdem hartnäckig davon überzeugt: „Ich bin ein Genie." Auch wenn die Zeiten schlecht für Genies persönlich und im Allgemeinen waren. Er sagte sich: „Man muss das ganz cool nehmen. So wie einer chronisch Asthma hat oder Bronchitis hat eben ein anderer Genie. Das ist nicht mehr oder weniger ansteckend als andere Sachen auch. Mich kennt noch keiner. Das kann sich ändern. Oder es ändert sich nicht. Jedenfalls bin ich, was ich bin, ein Genie. Wenn ich Gepäckträger auf einem großen Bahnhof würde, beispielsweise, würden mir die Koffer immer aus den Armen fallen … Folglich … Wenn ich Dachdecker würde, würde ich selbst mit den Ziegeln vom Dach fallen. Folglich … Wenn ich mein Universitätsexamen machte,

würde ich durchfallen. Folglich … folglich bin ich ein Genie"
Robert Götze war jetzt sogar sehr mit sich zufrieden. Wenn alles
andere versperrt, gibt es immer noch eine Möglichkeit: ein Genie
zu werden. Nur Genies versperren sich überhaupt erst alle anderen
Möglichkeiten.

Der Professor von Herbert Götze im Fach Philosophie hatte gesagt:
„Indem wir leben, tun wir etwas, was wir eigentlich nicht können."
Sehr wahr. Und Robert Götze erschrak. War denn dann etwa auch
sein Professor ein Genie?

Nein – er legte sich wieder auf die Couch zurück – das konnte ja
gar nicht sein. Sein Professor dozierte ja immer noch. Und wurde
offensichtlich weder entlassen, noch entließ er sich selbst. Damit
bewies er erstens, dass er etwas konnte und zweitens, dass er
nicht lebte. Denn leben ist – frei nach seinem Professor – etwas
zu tun, was man nicht kann.

„Er, Robert Götze, konnte nichts. Kam seine Freundin, war er
regelmäßig impotent. Kamen Klausuren, exkludierte er sich
selbst. Kam die Wetteransage durch das Radio, konnte er sich
nicht erinnern, was gerade gesagt worden war, sondern musste
erst aus dem Fenster sehen. Es war ganz klar, er war ein Genie.

Aber, – zog es ihm durch den Kopf – gab es nicht doch etwas
Positives, was Genies hinterließen oder seinetwegen zu Lebzeiten
hervorbrachten? Konnten sie, abgesehen davon, dass sie nichts
konnten, nicht doch irgendetwas anderes?

Beethoven hatte neun Symphonien gemacht. Das hatte zwar
niemand von ihm verlangt. Richtig. Und zweifellos hätte er auch
nichts anderes machen können.

Robert Götze dachte in diesem Augenblick voll nachsichtiger
Sympathie an Ludwig van Beethoven. Ein armer Bursche.
Wie sie alle, Arme Schweine. Die einzig armen Schweine des
Gesellschaftskörpers: Ein Proletarier hat Bett und Weib. Und
heutzutage ja auch gewöhnlich am Wochenende was in der
Lohntüte. Aber so durch die Bank mit Taubheit, Syphilis, TB
oder Schizophrenie geschlagen, und meistens ohne Lohntüte

am Wochenende, waren ja nur die wirklich armen Schweine: die Genies. Man sollte für sie beten. Und Robert Götze stand auf und richtete sich sein Abendbrot.

Aber das Positive? Genies hinterließen Werke. Wann das rauskam, war ganz egal. Aber daran sind sie zu erkennen wie die Hunde an ihrem hochgestellten Bein unter den Alleebäumen. Und der Hundescheiße natürlich. Um ein Werk kam ein Genie nicht herum. Und so Robert Götze auch nicht.

Aber er konnte – gestand er sich ein, grimmig und befriedigt – buchstäblich nicht einmal ein Werk machen. Er konnte eben nicht. Das war er, der Charakter seiner Genialität, haushoch über der geschäftigen, kleinen, produktiven der Literaten, Kritiker, Manager und anderer Halbseide der Genialität. Er musste das nur lange genug gegen die Wand sagen oder besser von der Spitze des Stephansdoms herauf in die Wolken oder herunter ins Gewimmel. Wo alles kann, kann Götze allein nicht können. Das ist vielleicht die Provokation – vielleicht die einzige – an dieses sein Jahrhundert, die zweite Hälfte seines Jahrhunderts.

Und Robert Götze wurde ganz blass in der Ahnung seiner Bedeutung. Sollte er einen Luftballon auf den Stephansdom mit herauf nehmen und sich an dem festhalten, falls er das Gleichgewicht verlöre? Ja, aber er musste statt Luft Gas in den einfüllen. ‚Falsch', dachte Robert Götze, dann konnte er ja das: auf der Spitze des Stephansdoms stehen und sein Gleichgewicht halten, beziehungsweise, falls er abglitte, sich in der Luft halten. Ein Genie, das sich in der Luft halten kann, ist kaum besser als eines, das neun Symphonien macht.

Robert Götze wurde jetzt ganz nachdenklich und traurig. Er konnte immer noch zu viel. Jedenfalls immer noch den Gedanken an seine eigene Rettung denken. Genies waren großzügig und sahen die kleine Existenz nicht an, auch nicht die eigene.

Balzac hatte sich mit sechzig Tassen starkem Kaffee Tag für Tag aufgebraucht. Schiller hatte nur an faulen Äpfeln gerochen. Er hatte es ja deshalb auch nur zum Moralisten gebracht. Goethe hatte sich etwas mehr verausgabt und bis ins hohe Alter geliebt. Bei halbwegs intelligenten Frauen natürlich immer impotent. Das wissen, und sich doch als Liebender verausgaben, beweist Selbstverzicht.

Also musste Robert Götze auch hart gegen sich vorgehen, härter als seine Vorgänger, denn er war ja genialer.

Selbstmord? Robert Götze erwog einen kleinen grünen Teich mit Schlinggewächsen. Zu hübsch für ein Genie, verwarf er. Er war ja nicht Lenau. Duelle? Er war ja nicht Puschkin. Erzwungene Emigration? Aber wer wollte, dass er emigrierte. Er hatte ja schließlich keine Feinde.

Feinde? Wie angedonnert stand Robert Götze mitten in seinem Zimmer. Das war es. Feinde braucht ein Genie. Umso mehr Feinde, umso genialer. Er musste Feinde finden. Übermächtige Feinde. Dann könnte er zusammenbrechen und sein Nichtkönnen öffentlich demonstrieren.

Die Kirchen? Die wurden allerdings in letzter Zeit liberaler und fast umweltfreundlich. Die würden ihm womöglich eine Psychoanalyse verpassen, bzw. vom heiligen Geist zum Geschenk machen lassen. Die freie Marktwirtschaft? Die war allerdings schon gar nicht mehr ganz so ganz frei, etwas durchwachsen, und da saß auch schon die Linke am Drücker und passte auf. Und bewies dabei selbst schon reichlich Unvermögen. Wenn er sich selbst als noch unvermögender darstellen wollte, musste er ein Ultralinker werden. Was machen Ultralinke?

In einem Kinderbuch, aus dem Robert Götzes Mutter ihm abends öfter vorgelesen hatte, ging der Bär Pu bei Nacht zu einer Grube, in der er einen Topf mit einem Rest Honig, um einen Heffalumpen zu fangen, hingestellt hatte und konnte sich nicht enthalten, den Rest selber auszulecken und blieb dabei mit dem Kopf in dem Topf stecken. Und Pus Freunde, die noch nie einen Heffalumpen gesehen haben, hielten ihn am nächsten Morgen selbst für einen Heffalumpen mit dem Topf auf dem Kopf. Ultralinke waren sicher so etwas wie Heffalumpen. Aber ob man sich als Heffalumpen starke Feinde machen konnte?

‚Ich hab's', dachte Robert Götze, ‚ich werde eine Frau. Frauen sind das unterdrückte Geschlecht. Werden sie von Männern umgebracht, werden sie dabei oder kurz davor oder kurz danach noch genotzüchtigt. Eine Frau hat von Natur aus die halbe Welt zum Feind. Eine Frau geht abends durch den Stadtpark, um die Nachtigall zu hören. Zwanzig männliche Anwohner werden aufmerksam, stellen sich ins Gebüsch und exhibitionieren sich vor ihr oder versuchen mit ihr ins Gespräch zu kommen oder ihr die Arme aus der Jacke zu ziehen und sie ihr um den Hals zu schlingen und sie in ihrer eigenen Jacke zu erwürgen'.

Robert Götze kaufte sich einen Maxirock und eine Perücke langen roten Haars. Und ging in den Stadtpark. Es dämmerte. Als nach einer Stunde immer noch kein Mann gekommen war, um ihn zu vergewaltigen, wollte er es aufgeben und ein andermal über das Genie weiter nachdenken.

Da setzt sich ein junges Mädchen zu ihm auf die Bank. Auch langhaarig. Eine Feministin. Das ist die Vorhut der Frauenbewegung in den achtziger Jahren. Sie unterhielten sich lange und gut über das Patriarchat und die Frau. Robert Götze war glücklich. So viel Feinde. Also doch. Später gestand er ihr, dass er ein Mann sei. „Ach", sagte sie. „das ist ein bisschen dumm. Aber du kannst ja selbst eine Gruppe aufmachen. Wir arbeiten ohne Männer."

Robert Götze wankte durch den Stadtwald zurück. Es war jetzt zu viel für ihn. Starke Feinde, die mit Erlaubnis des wehrlosen Opfers nebenan ruhig Gruppen gründen durften – wer war denn hier der Feind? Warum überhaupt schlossen sie ihn aus? Dann waren ja sogar sie die Feinde. Die Frauen.

Sein Magen war leer. Denn da er nichts konnte oder nichts können wollte, hatte er auch nie viel im Bauch. Er hatte jetzt überhaupt keine Lust auf Feinde mehr. Er sehnte sich nach Brüdern. Waren brüderliche Genies denkbar?

Sicher – und er setzte sich auf einen Bordstein. Da waren Jesus, der heilige Franziskus, Gandhi, Che Guevara.

Waren sie erfolgreich? Alle nicht. Der einzig potente der heilige Franziskus. Aber der ja nur mit Vögeln. Die anderen lebten für die Ohnmacht. Sie lebten und bewiesen dabei, dass sie es nicht konnten. Das war ein Weg.

An einer Frittenbude sog Robert Götze durch die Nase den Duft ein. „Fritten mit Ketchup" hauchte er und sah dem Mann in der Frittenbude wie einem Bruder ins Gesicht.

Bouillon mit Bouillon ohne:

Es ist kalt. Und sein Mantel schon das dritte Mal gewendet. Von außen nach innen von innen nach außen und wieder von außen nach innen. Es war ein guter Mantel aus dem Lodenhaus Frey. Heute hat er einen glücklichen Tag. Er wird sich eine Bouillon kaufen Im Walzertakt tanzt er über die Straße. Er ist wie sein Mantel aus gutem Haus. Ein schöner Mensch. Eine rabenschwarze Locke in die Stirn. Sogar das. Der Schönheit vermag selbst die Armut zu stehen. Aber er ist noch unfähig zu betteln. Er hat auch keinen Hut, den er dabei abnehmen könnte. Ein Hut von Frey passend zum Mantel kostet Fünfzig bis sechzig Mark. Die Schönheit und der Stolz, die wachsen auf einem Holz.

Der Kaiserwalzer von Johann Strauß. Er kann ihn sogar spielen. O, er kann, er kann Sprachen, fließend, er besitzt Bildung, mehr als genug, für seine Lage entschieden zu viel. Er unterrichtet sicher, so wie er dazu einmal Gelegenheit erhält. Ein Freund erkrankt und muss einen Kurs ausfallen lassen, an einer Sprachenschule oder einer Akademie für Erwachsenenbildung oder gar an der Universität. Er macht es besser als der erkrankte Freund, aber der kommt zurück.

Er hat so viele einflussreiche Freunde: Sie sagen zu ihm: „Ach, tu mir doch den Gefallen, und komm einmal bei mir vorbei." Da kommt er, lächelnd, mit einem Blumenstrauß oder einer Flasche Wein. Guter Jahrgang. Und sitzt bei dem Freund, bis der Mond herauskommt.

Der Freund stöhnt über den Stress, den der Erfolg mit sich bringt. Er stimmt dem Freund zu: „Gewiss. Das alte Lied Es ist zu viel für den Freund."

Einmal hat er sich sogar dazu verführen lassen, mit so einem Freund, also einem seiner Freunde, die Nacht über zu bleiben. Er hatte übrigens zu diesem Zeitpunkt auch kein Zimmer. Das Zimmer, das er bis dahin bewohnt hatte, wurde von der Hauswirtin nur den Sommer über vermietet, weil es unter dem Dach und unbeheizbar war. Sie wollte keine Schwierigkeiten bekommen, sagte sie. Auch Studenten wollten anständig behandelt sein, und wenn ihr das einer nachsagen müsste, dass sie so ohne Heizung den Winter über...da musste er gehen. Und ein Zimmer mit Heizung hätte fünfzig bis siebzig Mark mehr gekostet. Denn sein Zimmer war ein besonders günstiges und billiges gewesen.

Also da der Freund, Dozent an der Universität, Philosophie, Schwerpunkt ‚Schelling und die Liebe' die Hand auf seinen Knien liegen gelassen, und es so vorgerückt, wie die Stunde war, blieb er auch am besten reglos sitzen. Nur als der Freund...pfui...und er war aufgesprungen gewesen und hatte den ins Gesicht hinein gefragt: wie kannst du denn? Da war der zum Plattenschrank gegangen und hatte ‚natürlich, gut, gut' gemurmelt und Bach aufgelegt.

Wenn er reich gewesen wäre, hatte er später einmal gedacht, hätte er vielleicht nicht so reagiert. Aber immer von Freunden ausgeplündert werden, sicher, wenn auch nur mit Fünfmarksbeträgen oder ganz selten einmal mit Zehnmarksbeträgen, und dann auch noch geschändet werden zu sollen, das war wohl doch zu viel.

Natürlich hätte sein Freund, der Dozent, gelächelt, wenn er diese Bezeichnung für sein Vorhaben seinem jüngeren Freund gegenüber gehört hätte. Wo gibt es denn so etwas, wo man Griechisch im Urtext lesen kann.

Aber unser Held ist eben spröde und rein wie Quellwasser. Deshalb findet er auch keine Stelle. In dieser Welt. Wo alles längst trübe Geschäfte macht. Geldmenschen befremden ihn wie bunte Papageien. Karrieren, die unter Stress begonnen und gehalten werden, findet er widersinnig. Warum denn dann? Er träumt von einer Liebe zu einer Frau. Er tanzt so gut. Und den Kaiserwalzer hätte er gar zu gern mit einer Frau getanzt. Natürlich sehnt er sich nach Glanz und Ruhm. Und wenn die Sterne den Himmel besetzen, erschrickt er immer ein bisschen und sinkt in die Knie und stöhnt: o Gott.

Wenn er einmal ganz ausgehungert ist, träumt er davon, Kaiser zu sein. Nicht, um sich satt zu essen. Sondern um zu regieren. Mit Maß und Milde. Aber dann darf er nicht gerade an einem Zeitungskiosk vorüberkommen und wieder daran erinnert werden, dass es ja hierzulande keine Kaiser und erst recht keine solchen mehr gibt. Er hat dreihundertundfünfzig Mark im Monat. Er wird sein Studium nie abschließen. Er wird nicht heiraten können. Seine einflussreichen Freunde werden nicht auf die Idee kommen, dass er bedürftig sein könnte. Der Glanz, der bei ihm beständig von innen nach außen schlägt verrät ihn eben nicht als solchen Bedürftigen.

Wenn er dreißig ist, will er Kanalarbeiter werden. In diesem Alter ist man kein Student mehr. Gelegentlich schon hält er den Kopf leicht schief, um auf das Rauschen zu hören in den Kanälen und Kloaken, die er reinigen wird. Ein König der Senkgrube. Aber heute hat er einen glücklichen Tag. Er wird sich eine Bouillon kaufen.

Am Stehbüffet fragt man ihn: „Bouillon mit oder ohne?"

„Ohne was?" fragt er verblüfft.

Da steigt ein Gelächter auf, und die Männer an der Theke schubsen sich an.

„Bouillon mit oder ohne Ei", sagt das Mädchen hinter der Theke höflich.

„Ohne, natürlich ohne", sagt er hastig, verwirrt und zu Tode beschämt.

Auf diese Bouillon hin hatte er immerhin eine Woche lang zurückgelegt. Mit Ei wäre fünfzig Pfennig mehr gewesen, als er hat.

Mama und Sohn:

Generalmusikdirektor Dammer soll verfrüht pensioniert werden. Er wird im Frühjahr zweiundfünfzig Jahre. Seine Mama ist siebzig. Sie hat ihn mit achtzehn Jahren zur Welt gebracht. Sie ist eine Dame. Elegant. Trägt gerne weiße Kostüme und Hüte mit breiter Krempe. Sie hat immer Humor besessen. Franz Egon Dammer nie. Er hat es an der Galle und hat es an der Leber und hat es an der Milz. Ach – mit einem Wort – Franz Egon Dammer ist immer noch in seine Mama verliebt.

Franz Egons Vater starb früh. Da war Franz Egon noch ein kleiner Junge. Und ist seiner Mama auf den Schoß gekrochen und hat zu der gesagt: „Liebste, ich bin da." „Es ist gut, mein Kleiner", hat da die Mama gesagt.

Später hatte Franz Egon mit der Mama zusammen eine Loge für die Opernaufführungen in ihrer Stadt. Franz Egon war ein Musikalisches Kind. Und nach dem Schulabschluss studierte er Musikwissenschaft. Er war ein schwerer jungen Mann geworden, bleichwangig und mit trüben braunen Augen.

Als er 28 war, fragte ihn seine Mama: „Sag mal, Egon, hast Du eigentlich schon einmal mit einer Frau geschlafen?" „Nein", antwortete Franz Egon ganz bleich und gewissenhaft. „Und meinst nicht, das es Zeit werden könnte?" fragt da die Mama. „Bitte, Mama", sagt das Franz Egon und breitet die Arme aus, „tun sie es doch, Mama, mir zuliebe, mit mir, nur ein einziges Mal!"

„Wie kommst Du mir vor, mein Sohn", sagt da Frau Generalmusik-direktor Dammer, denn bereits ihr Gatte war Generalmusikdirektor gewesen.

Und nach einer Weile: „Und diese lächerliche Anrede, wo siezt denn ein Sohn seine Mutter?" „Ach, Mama", erwidert Franz Egon und macht vor ihr einen Kniefall, „ich liebe Sie, ich liebe Sie unaussprechlich."

Da sieht sie sich ihren Sohn etwas näher an und denkt, er sieht wirklich nicht schlecht aus. Und kennt nicht einmal nicht die Liebe nicht, Herrgott.

„Steh auf, Egon", sagt sie da, und fass mich einmal um die Taille. Nein, warte, leg erst die „Blaue Donau" auf. Komm, mein Sohn."

„Walzer, Mama", murmelt Franz Egon schwer verständlich, „Sie wünschen Walzer, Mama?"

„Ja doch", sagt die Mama ungeduldig und dreht sich schon leicht in den Hüften und stellt sich wie zur Probe auf die Zehenspitzen. Franz Egon legt die Platte auf und geht auf sie zu Gott, ist die Mama schön. Und er soll, er soll sie mit seinen schweren plumpen Händen um die Taille fassen. So ungeübten, linkischen Händen, die sich nur, wenn überhaupt mit irgendetwas, mit Musik befasst haben. Aber damit hat sich bei ihm auch mehr der Kopf als seine beiden Hände befasst.

„Mama", schluckt er ganz ergeben und legt ihr die Hände an die Taille.

‚Nicht einmal übel', denkt die Mama. Man könnte ja, man könnte ja ruhig einmal ein bisschen die Jalousien herunterlassen. Frau von Instetten sieht gar zu gern so am Nachmittag kurz herüber, ins Nachbarhaus gegenüber.

„Egon", sagt die Mama und nimmt seine Hände von ihrer Taille, „lass einmal die Jalousien herunter."

„Mama", sagt Franz Egon wie angedonnert, „wo denken Sie hin?" Da wird die Mama böse. „Wenn du jetzt nicht sofort tust, was ich dir sage, du Gimpel, dann setzt es was, sage ich dir."

Da hastet Franz Egon zur Jalousie. Und fasst sich, sobald er sie herunter hat an seine Hosenträger und fragt „Die auch, Mama?"

„Natürlich", sagt die Mama, „Egon, ich untersage dir, dich in einem derart vorzivilisatorischen Zustand irgendeinem Mädchen unserer Bekannt- und Nachbarschaft anzunähern."

Da zieht Egon sich aus. Und nähert sich der Mama, bleich und unterwürfig.

„So", sagt diese, „und nun sei einmal ein Mann."

Und Egon versucht es. Und nestelt und zerrt mit seinen schweren ungeschickten Fingern an den Kleidern der Mama und fährt, als er diese schwere Arbeit bewältigt hat, mit dem Finger durch das Tal zwischen deren Brüsten und streicht über die Hügel, mit dem Finger über die Brusthügel, und tappt über Täler und Höhen zu Klippe und Höhleneingang und zieht zurück, den Finger zurück, den Leib zurück, die ganze Person zurück, und stöhnt: „Ödipus, Mama."

„Was ist damit", fragt die Mama.

„Er ist verflucht", sagt ihr der Sohn, „er begehrt die Mutter."

„Natürlich", sagt die Mama, welcher Sohn tut das nicht?"

„Aber es ist nicht recht, Mama", sagt der Sohn wie bittend.

„Ich bitte dich, Egon", sagt da die Mama, ich bin 46 und bekomme so leicht keinen zweiten Egon mehr."

„Bist du ganz sicher, Mutter", fragt Egon und sieht ihr groß und fest in die Augen.

Da schüttelt die Mama den Kopf über soviel Takt- und Hilflosigkeit und ganz einfach auch Dummheit. Und schließt die Augen und schlägt ihm vor: „Komm, Egon, versuch es doch einmal mit mir."

Und Egon kommt und bringt den Kopf, die Hand das Glied an den Eingang, an die Höhle, die ihn beherbergt hat.

Hui bläst ein Sturm in Egon, und ein Graus frisst an seinen Füßen, und seine Zähne wollen klappern, und sein schwerer bleicher Leib ist zittrig und sein Kopf ganz leer.

„Mein Sohn", sagt da die Mama, „das bin ich doch nicht, wovor du erschrickst. Das ist doch so unpersönlich wie Sonne und Regen, eine Scheide, kurz und gut, ein Schoß und eine Scheide. Du warst darin. Zufällig. Aber das weiß ich doch schon gar nicht mehr. Und du dürftest dich auch kaum erinnern dürfen. Und wenn schon. Als du klein warst, passest du eben ganz hinein. Jetzt nur noch dein Glied."

„Mama", stöhnt er Sohn und wirft sich über sie, „ich will, ich wollte immer zurück."

„Leider", sagt die Mama, „ich weiß, mein Sohn. Ihr seid unfähig zur Liebe. Ihr denkt nur an das Schnappschloss und dass es euch gut abdichtet vor der bösen Welt."

Franz Egon hat es wenigstens gelernt, im Laufe der Jahre, in unendlichen Anläufen, um es ehrlich zu sagen, das Tabu zu brechen und Hand und Glied in den Eingang zu bringen und Aug in Aug mit der Höhle zu sein. Im Frühjahr wird er 52. Und bald wird er pensioniert.

Da sein Vater früh verstarb, und er so ganz in dessen Person und Rechte übergegangen ist, muss er auch darin Nachfolge leisten: einem frühen, wenn auch nicht gar so frühen Abtritt.

Er wacht über die Kleidung seiner Mama. Kostüme und Hüte.

Er reicht ihr den Arm, wo sie sich außer Haus befinden.

In sechs Monaten werden sie zusammen eine Schiffsfahrt machen, weit, an England vorbei, an Schottland vorbei, wer weiß wohin.

Das ist Leichenschändung, Charlie:

Charlie Konze konnte sich nicht von der Leiche seiner Braut wegreißen. Er hatte den ganzen Tag Novalis gelesen. Die Elegien an die Nacht. Wenn er wenigstens Veranlagung zur Schwindsucht hätte. Und wenn diese Krankheit noch unheilbar wäre.
Seine Tante saß im Nebentraum. Und staubte schon zum dritten Mal an diesem Tag die Gummibäume ab. Jetzt rief Charlie wieder nach seiner Tante.
„Tante", schluckte Charlie. „der Tod hat sie mir entführt."
„So musst du nicht reden, Charlie", sagte die Tante, „sie hat keinen gesunden Lebenswandel geführt. Sie hat in der Fabrik gearbeitet. Und du weißt nicht, mit wem alles sie sich vor dir eingelassen hat."
Charlie erstarrte zum Wachsbild.
„Tante", stammelte er, „Tante."
Der Mond stand rund und kalt am Himmel.
War es denn nicht seine Braut, die da heimgegangen war, unberührt wie der junge Tag, an dem sie ihr Leben zurückgab.
Charlie schob entschlossen das Leichenhemd seiner Braut zurück und fasste zum ersten Mal an ihren Bauch und lockerte mit Gewalt ihre fest nebeneinander ruhenden Schenkel und brachte sie ein Stück weit auseinander und fuhr mit der Hand suchend und mit großen roten Flecken auf seinem weißen Gesicht an den Eingang, der ihm Antwort geben sollte auf seine furchtbare Frage.
„Das ist Leichenschändung, Charlie", sagte die Tante und schob der Toten das Hemd über den Leib.

Existentialismus ade:

Eins und eins, das macht zwei, und Glück ist immer dabei. Und wenn du Glück hast, dann sind es zwei – Vom Grammophon her kommt die Stimme der Knef. Er sitzt auf dem Boden auf dem Teppich Blätter. Seine überspätete Dissertation. Heidegger. Alles Holzwege. Verhauen und verholzt.

Den Mann aus dem schwarzen Wald mochte seinen Ruhm trösten, zumindest im Ausland, und eine vollständige Werkausgabe hierzulande. Aber was tröstete ihn? Existentialismus ade. Camus ist tot. Schon lange. Sartre ist Maoist. Er hat den Anschluß verpasst. Sicher, die Sagan verkaufte sich immer noch ganz gut. Bonjour tristesse. Bonsoir tristesse. Aber er ist nicht die Sagan. Er ist Hans Otto Weber. Von dem sein Professor so manches hielt. Sein Professor hatte sich über Kierkegaard habilitiert. „Angst und Sprung bei Kierkegaard." Alles hatte längst den Sprung ins gesellschaftliche Engagement getan. Anfangs beim SDF. Später in den Jugendorganisationen der Parteien. Oder, wenn es ganz ernst gekommen war, in die DKP. Selbst die Theologie hatte aus der Situation existentielle Betroffenheit herausgefunden und auf ihren letzten Kirchentagen große Ladenstraßen zur Welt hin gebaut. Alle überschlugen sich im Engagement, so viel Minderheiten, so viel Randgruppen! Die Humanwissenschaften standen auf dem Kopf. Alles versoziologisierte sich. Die Theologie, die Psychologie, die Kunst und nicht zuletzt die Philosophie. Hans Otto Weber war démodé. Hoffnungslos démodé. Er würde sich in einen Vogel verwandeln müssen und in den schwarzen Wald fliegen. Sein Doktorvater konnte nur noch der eine werden.

„Knusper, knusper, Knäuschen wer knuspert an meinem Häuschen?" würde der fragen." „Der Wind, der Wind, das himmlische Kind" würde er antworten. Und der aus dem schwarzen Wald würde zu seiner Frau sagen: „Ich glaube, das Wetter schlägt um."

In die Städte zurück:

Das Kopfsteinpflaster der breiten Zufahrtstraßen an den Stadtrand
oder bis in den Stadtkern hinein summt. Lastwagen an Lastwagen,
Leiterwagen an Leiterwagen. Männer und Frauen zu Fuß, Kinder
auf dem Rücken oder an den Händen. Sie kommen zurück. Die
Besatzung ist aufgehoben. Sie erobern die Städte zurück. Der
Triumphtreck der Armen, für eine Weile noch jedenfalls alle gleich.
Sie marschieren an ihren zerstörten Häusern vorbei. Wer weiß, wer
darin zur Miete wohnte, und wer ein Haus für sich alleine besaß.
Wenn der Wiederaufbau beginnt, wird es sich zeigen. Wer zuerst
ein Bad und eine eigene Toilette besitzen wird, und eine eigene
verschließbare Wohnungstür.
Aber davon sind die Herzen an diesem Morgen des Frühjahrs 45
noch kaum geschwellt, fast unberührt. Man kommt zurück, alles
kommt zurück. Kleine Mädchen mit blonden Locken und Schleifen
im Haar sitzen auf den Schultern ihrer Väter und heben die Hand
zum Gruß.
Was sind die Väter stolz. Sie haben sie gerettet, jetzt drei oder
vier Jahre alt, durch Bomben, Bunker und Evakuierungen hindurch
gerettet, diese hellen, kleinen Ermutigungen. Und selbst wer keines
hat, sieht sie gern und neidlos hoch oben auf den Schultern ihrer
Väter schaukeln: die Kinder des Volkes.
So entmenscht er ist, dieser Begriff, so entvolkt, wie kann man
noch wo irgendwann Volk sagen. Immerhin kommt es zurück, das
Volk deutscher Nationalität. Verdreckt und triumphal. Mitwisser
Mittäter Mitverschworene. Opfer.
Seit wann ist der Deutsche Politisch? Lessing und Marx sind Aus-
nahmen. Deutsches Mittelalter, deutscher Idealismus, deutscher
Nationalsozialismus.
Denk ich an Deutschland in der Nacht / so bin ich um den Schlaf
gebracht.

– sicher, es gab noch einige Ausnahmen.
Und die Stillen im Land: aus denen so ein Matthias Claudius
herausgewachsen ist:
„Seht ihr den Mond dort stehen?
Er ist nur halb zu sehen
Und ist doch rund und schön."

1945 – die Schuld schleicht sich auf gekrümmten Zehen davon.
Die Überlebenden eint ihr Überleben. Die Schuldlosen Drei- und
Vierjährigen sind der Glaube.
Konrad Adenauer bald die neue Ordnung.
Der Wiederaufbau gibt allen zu tun.
Die großen runden Messingnägel zwischen dem Kopfsteinpflaster
Blitzen in der Sonne auf.

Sujet sans regret:

Heißa! Das ist eine weiße Parkbank. Ich springe mit beiden Schuhen darauf. Ich bin das Sujet sans regret. Unter meiner Jacke trage ich eingeklemmt Fliedersträuße. Lila und weiß.

Vielleicht kommt eine schöne Frau vorbei. Frauen, wisst ihr, muss man immer ein Anerbieten machen. Kein sexuelles. Pst. Die Sexwelle schluckt an ihren eigenen Blasen. Brr- Sex ist doch nicht für Frauen. Frauen erwarten Worte der Liebe. Gesten der Liebe, Gesten der Überraschung, sujets sans regret. Mich.

Gestern Nacht stand ich in einem Gebüsch am Stadtparkrand und sang, nein, schmetterte – ich bin ja kein Duckmäuser oder gar kriminell –: „es führt kein andrer Weg zur Seligkeit als über deinen Mund."

Da zog eine junge Dame die Zweige auseinander und entdeckte mich.

„O", stammelte ich, „verzeihen Sie, ich wusste nicht, dass sie so in der Nähe wären."

Sie sah mich zwinkernd an.

„Das wussten sie doch ganz genau", sagte sie, „dass jemand hier vorbeiging."

„Natürlich", sagte ich, „aber dass sie es waren, ausgerechnet Sie."

Sie sah mich mitleidlos an: „Ach, diese Tricks, spart euch das doch."

Da kam ich aus dem Gebüsch heraus und stellte mich vor sie hin. Eine Straßenlaterne hing gerade über unseren Köpfen.

„Hören Sie mich an", sagte ich, „ich bin ein Kavalier der alten Schule. Ich versuche es jedenfalls zu sein. Die modernen Zeiten sind so kalt, und die Sexwelle lässt alles so enttäuscht am Strand zurück, das ganze Strandgut, Männlein und Weiblein. Das erfüllt mich mit Angst. Wenn ich an Sexualität mit einer Frau denke, träume ich immer, ich verschlucke große Fischgräten und manchmal ersticke ich dann in meinen Träumen oder ich huste fürchterlich."

Sie sah mich jetzt interessiert an. „Sie haben eine Neurose?"
fragte sie freundlich.

„Ja", sagte ich, „eine komplette. Eine Frau kann man doch nicht
einfach ausziehen und zu sich ins Bett legen und den Beischlaf
mit ihr vollziehen. Die Frauenbewegung denkt da genauso wie
ich. Die Würde der Frau verlangt nach der Neurose des Mannes."

„Ach", sagte sie jetzt wirklich ganz aufgeschlossen, „das ist
interessant. Und Sie, wie verhalten Sie sich also zur Frau?"

„Ich schenke ihr Flieder", sagte ich düster und zog einen weißen
Fliederstrauß unter meiner Jacke hervor.

„Aber", sagte sie, „das stürzt sie doch in Unkosten. Und zu dieser
Jahreszeit –."

„Natürlich", sagte ich, „ich lasse mir den Flieder von allen
Treibhäusern der Welt kommen. Ich sehe keine Rettung mehr."

„Warum schließen sie sich nicht der Frauenbewegung an, das
käme sie billiger", sagte sie sachlich.

„Ich habe Angst", gestand ich, „die Frauen könnten Sexualität mit
mir machen wollen. Das ist es ja eben. Die Emanzipation frisst ihre
Kinder. Ob aktiv oder passiv, die Frau bleibt immer Opfer. Wussten
Sie nicht, dass die Sexualität eine männliche Erfindung ist?"

„Nein", hauchte sie.

„Doch, doch", bestätigte ich und sah in die Straßenlaterne auf.
„Die Liebe ist weiblich. Aber leider meist stumm. Noch jedenfalls."

„Wie meinen Sie das?" fragte sie jetzt misstrauisch.

„Nun", sagte ich kühn, „auch Sie sind ganz stumm, noch ganz
stumm."

„Sie bilden sich doch wohl nicht ein", fing da die junge Dame an –

„Nein, nein", wehrte ich ab, „bis Sie mich lieben, bis eine Frau uns
lieben kann, liebend auf uns zugeht, vergeht noch ein Jahrhundert
oder zwei. Au revoir, madame. Ich muss ins Gebüsch zurück",
sagte ich und verschwand.

Heißa! Das ist eine weiße Parkbank. Ich springe mit beiden Schuhen
darauf. Ich bin das Sujet sans regret. Unter meiner Jacke trage ich
eingeklemmt Fliedersträuße. Lila und weiß.

Glücksräume:

Sie hat Geburtstag. Vierzig Jahre. Neben ihr, lustig in den elfen-
beinfarbenen Schleiflackspiegel an der Wand hineingebeugt, steht
ihr Mann. Mit einem Strauß weißer Rosen. Über die Treppe hoch
in ihr Schlafzimmer hinein steigt der Duft vom Morgenkaffee.
Unten, weiß sie, warten ihre drei Kinder in den hübschesten
Kleidern.
Ihr Sohn, der jüngste, ist noch so klein, dass er auch Mädchenkleider
trägt. Vielleicht wird sie ihn noch lange so kleiden. Sie und ihr
Mann haben fast nie eine Auseinandersetzung. Und schon gar
nicht über Kleidchen oder Rollen oder ähnliche Routinedinge.
Sie selbst war 10 Jahre berufstätig. Festangestellte Redakteurin
an einer großen Wochenzeitung. Heute schreibt sie gelegentlich
und vor allem frei. Vielleicht dreht sie bald einmal einen Film.
‚Glücksräume', denkt sie, könnte der heißen.
Sie ist noch immer schön. Ihr Haar knotet sie manchmal auf. Öfter
lässt sie es frei. Ihr Mann legt ihr jetzt den Arm um die Schulter
und zieht sie vom Spiegel weg und drängt sie scherzhaft zur Tür:
Und doch nicht ganz scherzhaft. Er hat Hunger.
Unten an dem großen Frühstücksplatz in der Glasveranda, an die
Rosen so eifrig heraufklettern, sitzen sie schon am Tische, ihre
Drei. Und das Mädchen bringt eben die Frühstückseier hinein.
Glück genug. Zwei große Reisen im Jahr. Und viele Wochenenden
unterwegs.
Allein oder mit ihnen allen zusammen. Selten Kummer. Not vom
Hörensagen. Aber eine große selbst eingebrachte Sensibilität. Sie
findet immer etwas was sie aufheben, neu anpflanzen, verbinden,
umstellen, vermitteln, besorgen, durchsetzen kann.
Stundenlang kann sie an einem Zaun im Regen stehen und in
einen fremden klatschnassen Garten sehen. Die Wicken schlingen
sich bis in ihre Seele hinein, während ihre Hände unbewusst und

schnell Unkraut oder Welkes aus dem Blühenden am Gartenzaun entfernen.

Sie ist fast überall beliebt. Sie ahnt es. Sie vereint furchtlos Altes mit Neuem, alte Rollen mit neuen Rollen.

Mit ihren Kindern spielt sie so versunken, als ob es um sie selbst ginge. Ihrem Mann ist sie eine aufmerksame, zärtliche, ganz partnerschaftliche Gefährtin. Es gibt kein Gespräch, das sie nicht mit ihm oder seinen Kollegen und Freunden führen könnte. Sie ist informiert. Ihr Gesicht hat noch keine Falten. Sie denkt nie angestrengt. Oder selbst Anstrengungen bewältigt sie leicht.

Sie liest viel, auch Aktuelles, und hat es nie gescheut, sich zu exponieren. Allerdings ist es auch noch nie auf sie zurückgefallen wo sie sich exponiert hatte. Feinde hat sie sich nur gering bisher zugezogen. Neider vielleicht. An die denkt sie solidarisch. Ihr ist viel zu klar, dass alles an die Sonne möchte, schon der blässliche dünne Regenwurm gelegentlich, auch wenn er nach dem Regen heißt.

Im Herbst lässt sie sich gern die trockenen Hülsen aus den Bäumen auf die Schultern fallen, die Nasen. In dieser Jahreszeit dreht sie auch gelegentlich unruhiger als in anderen Jahreszeiten an ihrem Ehering an ihrer rechten Hand. Sie hat seit fast zehn Jahren eine gute gleichaltrige Freundin. Sie hätte so gern einmal mit ihr geschlafen, nur ein einziges Mal, wenn sich etwas nicht wiederholen sollen dürfte. Angedeutet hat sie diese Sehnsucht der Freundin gegenüber manchmal und vielleicht inzwischen sogar schon eine Spur zu deutlich.

Letzte Woche – ihre Freundin hat so einen seltsamen Geschmack und hat sich die Glühbirne ihrer Eckzimmerfensterlampe rot eingefärbt – da kam sie also schon später abends an deren Haus vorbei, und von unten sah sie über einer ausgebreiteten Karte über den Tisch gebeugt, die Vorhänge weit offen stehend, weil sie es für eine Unsitte hielt sie zuzuziehen, den Mann ihrer Freundin, und oben im Erker also brannte dieses rote Licht. Da hatte sie nicht umhin gekonnt, die Freundin noch einmal kurz aufzusuchen. Und war, als sie die Klinke zu deren Zimmer heruntergedrückt hatte, zum ersten Mal in ihrem Leben so weit sie sich bewusst an das erinnern konnte, gegangen, in Tränen ausgebrochen. Und ohne ein Wort der Erklärung wieder fortgegangen. Die Verwunderung darüber mochte nun die Freundin in ihrem Kopf bewegen oder auch in ihrem Herzen, sie wusste das ja nicht.

Glücksräume – diesen Film würde sie drehen wollen. Ob sie darin alle auf ein großes Bett setzen sollte, die sie liebte? Nein, doch besser nicht, das Glück ist so eigen, und mag es nicht, demonstriert zu werden. Das Glück ist so eifersüchtig. Das Glück ist so egoistisch. Und war denn das überhaupt wirklich ihr Glück? Ihr Haus, ihre Kinder, ihre Rosen, fremde Wicken, ihr Mann, die zehnjährige Redaktion für die große Wochenzeitung, ihre freien Bücher, ihr Filmvorhaben, ihre Freundin, die Welt, soweit sie an sie traf, Tiere, anderer Leute Kinder, Alte, Minderheiten, Hülsen aus den Bäumen? Wenn sie das alles zeigte, zeigte sie damit ihr Glück?

Was sonst, dachte sie einerseits.

Erstes Bild: ich gehe mit meinem Mann durch einen Park, einen Schlossgarten vielleicht, ein Besuch im Schlossgarten an einem Sonntagnachmittag. An einem Schlossteich füttern unsere Kinder Schwäne.

Zweites Bild: Nacht, die Kinder schlafen, mein Mann und ich gehen noch einmal ums Haus und beratschlagen welche Fensterläden – Zaun – und Dachrinnenverbesserungen gemacht werden könnten.

Drittes Bild: wir liegen im Bett, flüstern –

Viertes Bild: ich mache Schlagzeilen.

Fünftes Bild: ich mache mich schön.

Sechstes Bild: ich mache einen neugierigen Spaziergang.

Siebtes Bild: großer Ball. Großer Ballerfolg. Auf dem Rückweg gesteht mir mein Mann, eine einmalige Frau zu besitzen.

Achtes Bild: meine Freundin verdeckt schnell, wie ich in ihr Zimmer trete, mit der Hand einen Brief, den sie an mich angefangen hat.

Neuntes Bild: ich rudere mit meinen Kindern auf einem Teich.

Zehntes Bild: Weihnachten. Schnee. Unsere Kinder stürzen sich in die Geschenke. Entdecken altmodische kleine Schlitten unter den

Geschenken. Setzen sich darauf, stoßen die Türe auf und fahren die kleine Anhöhe vor unserem Haus sachte bergab.

Lauter privatistisches Glück. Sie schüttelt den Kopf. Aber gibt es anderes? Weltweites? Weltweit bekümmertes? Weltweit berauschtes? Weltweit sich realisierendes?

Wie sah wohl Lenins Glück aus? „Er rührte an den Schlaf der Welt", sang sie plötzlich, als sie den Eilöffel in ihr Eigelb tunkte. Minka, die achtjährige, sang jetzt entschlossen auch ein Lied: „Maikäfer flieg." Sie lachten sich an, ihr Mann und sie. Das Glück ist ein Haus. Und gerade so ein unprätentiöses, sachliches, halb begünstigtes, halb selbst erworbenes Glück wie das Ihrige. Wer beuteten sie schon aus? Und was ließ sich mehr von ihnen verlangen, als das, was sie schon ohnehin freizügig und oft genug boten: ein offenes Haus und offene Ohren für Petitionen, Vermittlungen, kleine Hinweise und stärkeren Einsatz.

Sie waren beide fortschrittlich, nannten sich Sozialisten und waren es wohl auch, auch wenn undogmatische Parteinahme für die unterdrückte Seite im Klassenkampf schon für sozialistisch hingehen mag. Ein gutes Bündnis hatten sie zwei seit zwanzig Jahren jetzt. Beide Kopfarbeiter. Er trotz ihrer Emanzipation noch stärker intellektuell bestimmt als sie. Sie verrichtete auch gern Handarbeit, und sie ging ihr schnell von de Hand.

Den Film ‚Glücksräume' sollte sie doch wohl besser nicht drehen. Das Glück ist ein Klischee. Alle Glücksmomente Klischeemomente. Außerdem ist es leicht glücklich zu sein, wo Geld vorhanden ist. Sie hatte kein Recht zu diesem Film. Er konnte die Frauen, die ihn sich ansähen, nur unglücklich machen.

Oder ließe er sich anders anpacken? Sie öffnete ein kleines Fenster der Glasveranda und streckte den Kopf heraus. Und der Wind in ihrem Nacken erschreckte sie, und sie dachte: Ich muss mich selbst zeigen. Meine Erwartungen und meinen Kampf um deren Realisation. Ich muss es vor ihnen allen auseinander nehmen, was ich wann, wo erhofft habe, warum ich wann, wo gestutzt, zurückgeworfen, verneint worden bin. Denn natürlich bin ich auch verneint worden. Wie alle. Ich muss über den mühsamen Schneckengang des Glücks aufklären. Den privaten und den zeitgeschichtlichen. So viele Wicken habe ich noch gar nicht von irgendwelchen Zäunen abfallen sehen wie Hoffnungsköpfe von meiner armen Pflanze Geduld. Das mag schon sein, dass man eines Tages das Glück in der Hand hat und nur noch die Faust um es zu schließen braucht. Aber warum die Faust schließen? Und warum sein beschwerliches Wachstum verleugnen, zu oft geknickt, um nicht mehr Mitwisser vom Leid zu sein.

Und ein großer und inbrünstiger Zorn erfasste sie auf alle die, die imstand sind zu vergessen, ihre Kindheitswünsche, ihre späteren Wünsche, ihr Glücksverlagen und dessen Realisation, wo sie stattfand. O, wie armselig. Seligkeit ist, nicht vergessen können. Keinen Anspruch, eigenen oder fremden, schon nicht mehr fremden. Alles läuft in einem Anspruch zusammen. Den nehmen, auf sich konzentrieren, vertreten, laut, für den auf die Barrikaden steigen und den Spott nicht fürchten.

Sie zog den Kopf zurück und steckte ihn kurz in den weißen nassen Rosenstraucnh vor ihr auf dem Tisch. Den Film ,Glücksräume' würde sie um 10 Jahre verschieben. Der vierzigste Geburtstag ist dafür zu früh. Vierzigste Geburtstage feiert man noch im Familienkreis. Aber schon drängten sich alle Nebelwiesen, auf die man von ihrem Haus aus Ausblicke hatte, dicht an ihr Haus, und sie meinte es wie Kolkraben um ihr Haus krächzen zu hören und neu verführt sah sie sie wie durch einen hauchleichten Schleier an, ihre Kinder und ihren Mann. So groß wie die Welt durfte ihr Engagement werden. „Weißt du, was Glücksräume sind?" sagte sie zu ihrem Mann.

Als Johanna zwanzig war:

Als Johanna zwanzig war, hatte sie eine hohe starke Brust, eingezwängt in ein Mieder. Sie kam vom Land und suchte eine Stelle in der Großstadt.

Auf dem Weg zum Arbeitsamt hatte Johanna einen Traum: Sie ging den gleichen Weg, auf dem sie auch gerade ging, aber nackt, und mit einer grünen Schleife um das Bein.

Im Arbeitsamt hatte man einiges für sie, eine Stelle als Verkäuferin, eine andere als Dienstmädchen, eine dritte als Büglerin, und die Schokoladenfabrik Stollwerk stellte auch noch Arbeiterinnen ein. Johanna drehte sich auf dem Absatz und versuchte zu wählen. Dann hauchte sie: „Ach, danke, die Herren, ich habe es mir anders überlegt." Und strich mit beiden Händen ihren Rock nach unten und drehte sich noch einmal auf dem Absatz und verließ das Zimmer. Das war an einem Montagmorgen. Am Montagabend bezog Johanna bereits eine Dachwohnung für hundertundfünfmark im Monat. Sie bestand aus zwei mittelgroßen Räumen, die durch eine Tür verbunden waren. Der erste diente gleichzeitig als Küche und Waschraum. Ein enges Klo mit einer im Augenblick unverschließbaren Tür fiel auch noch ab. Aber sie hatte sowohl vom Klo aus wie aus den beiden anderen Fenstern ihrer Wohnung eine schöne Aussicht über Dächer und rauchende Schlote und sogar Kirchtürme und Himmelsfetzen. Und wenn sie nach unten sah, sah sie auf Grün, viele grüne kleine Gärten. Johanna war zufrieden und summte leise.

Sie hatte fünfhundert Mark Kapital in ihrem Portemonnaie und also noch etwas Zeit, ihre Stellung zu finden.

Es war ein schöner Abend. Vorfrühling. Und kaum eine Wolke am Himmel. Johanna griff nach ihrem Schirm und klapperte die Holztreppe, die in den Speicher und an ihre kleine Wohnung führte, herunter und schloss sorgfältig, unten an der Holztreppe angekommen, die Tür hinter sich ab und ging durch das große steinern hallende Treppenhaus des Mietshauses, in dem sie jetzt wohnte, noch vier Stockwerke weiter nach unten, bis sie auf die Straße trat und sich dem Verkehr und den Menschen, die da gingen, überließ.

Sie kam schnell in Schwung und sie stieß mit ihrem Schirmende häufig in die Luft. Sicher war der Frühling auf dem Land schöner als in der Stadt. Aber wenn sie eine Zeitlang in Stellung gewesen war, konnte sie heiraten und wieder zurückgehen. Johannas Eltern hatten einen kleinen Hof. Aber der gab mit der Zeit immer weniger heraus. Und zuletzt hatten ihre Eltern selbst für Johanna auf dem Hof keine Verwendung mehr gehabt.

Johanna sah jetzt neugierig jedem Passanten, der an ihr vorbeikam, ins Gesicht. Dann spannte sie ihren Regenschirm auf und raffte ihren mittellangen Rock mit der einen Hand etwas zusammen und bewegte die Beine, als ob sie über Pfützen springen müsste. Und daraufhin sahen viele, die sonst wohl wie die vorhergehenden, ohne Johanna zu bemerken, an ihr vorbei gegangen waren, Johanna unter den Schirm und etwas ins Gesicht.

Aber Johanna hat jetzt die Augen geschlossen und träumte schon wieder. Sie träumte von einem Wolkenbruch, der ihr Rock und Bluse nur so an den Leib klatschte, und ihre Brüste hoben sich ganz scharf ab, wo sich die Bluse vor Nässe ja nicht mehr um sie bauschen konnte. Und eine Hand griff ihr in den Schoß, lustig und zündend.

Da öffnete Johanna die Augen wieder und schritt schneller aus. Dabei kam ihr ein kleinerer dünner junger Mann in die Quere mit einem auf und ab hüpfenden Adamsapfel. Er lief geradewegs unter ihren Schirm und landete mit dem Gesicht auf ihrer Brust. Johanna stieß ihn kräftig zurück und schritt weiter. Aber nach fünf Schritten dachte sie: ‚Warum nicht, das könnte doch Spaß machen'. Und klappte ihren Schirm wieder zu und ging hoch aufgereckt durch die Straße und sah jedem, der ihr begegnete, etwas hochmütig ins Gesicht.

Da stand ein Herr vor einem Geschäft und ganz in die Buchauslage
darin versunken. Dem tippte Johanna mit dem kleinen Finger auf
die Schulter und sah ihn dann schweigend und aufsässig an. Und
er Johanna. Überrascht. Da sagte Johanna und wunderte sich
über sich selbst, wie gehässig das klang: „Ich habe keine Bildung."
„Nun", machte der Herr, und noch einmal „nun" und wandte sich
wieder der Auslage zu.
Da packte Johanna die Wut. Sie legte beide Hände auf seine
Schultern und dreht ihn zu sich um und versuchte ihn so mit sich
fort- und abzuführen. Der Herr protestierte laut, und Passanten
mischten sich ein, und Johanna hieb mit ihrem Schirm nach
allen Seiten und drehte auf dem Absatz um, beide Hände an den
Schultern ihres Opfers und kam unbehelligt vor der Haustür des
Hauses, in dem sie wohnte, mit ihm an.
Der Mann ging jetzt ganz gefasst neben ihr die Treppe herauf bis
in ihr Dach. Und oben angekommen packte er ohne Federlesen
Johanna am Arm und warf sie, unmöbliert, wie die Wohnung
noch war, auf den Boden und riss ihr die Bluse auf und schlug ihr
den Rock über die Beine und den Bauch zurück und kniete sich zu
Johanna hin und besah sich deren steil aufsteigende Schenkel und
wehte mit seinem Handschuh kurz über Johannas Scham, dass
sich deren Schamhaare aufrecht hinstellten, und beugte sich über
sie, jetzt stumpf und gierig, und Johannas blitzende blaue Augen
hielten die seinen für Glasaugen. Sie glitzerten jedenfalls noch
eine ganze Weile nachher kalt in Johannas Augen hinein, während
er röchelnd noch auf Johanna liegend nach seinem Hut griff.
Johanna setzte sich auf und schüttelte ihn dabei halbwegs von
sich ab und versuchte auch ihren Rock wieder über ihre Beine
herunterzuziehen – Hosen trug sie keine, aber oben ein Mieder, fast
ein ausgewachsenes Korsett, wer kennt die Gründe für Johannas
Scham und Johannas Unbekümmertheit – und fragte: „Wollen
der Herr für meine Mühe nicht etwas dalassen?'
Der Herr stand auf und ließ Johanna etwas da: einen Zwanzig-
markschein. Das war der erste Tag von Johannas Stellungssuche

in der Großstadt K.

Am nächsten Morgen fand sie schnell und richtig das Etablissement, in dem Johanna die Männer auch ohne Schirmstiche und –hiebe einfach mit dem Aufzug nach oben geleitet wurden. Ihre Dachwohnung behielt sie bei. Und wohnte darin auch fest. Das Etablissement betrat sie nur für Stunden.

Nach einer Woche schrieb Johanna ihren ersten Brief nach Hause: „Meinen lieben Eltern sage ich, dass es mir gut geht. Ich bin in Stellung. Meine Wohnung kostet mich im Monat einhundertundfünfzig Mark. Vielleicht werde ich Ersparnisse machen. Jetzt ist in H. wohl Frühling. Ich möchte mich nur in H. verheiraten. Wenn der Hof es trägt. Der, den ich heirate, kann ja in der Stadt arbeiten. Ihr seid dann alt und müsst auf euer Altenteil denken oben im Haus, und ich werde für euch mit den Haushalt besorgen. Eure Johanna.“

Willi – Der Unterhaltungsmusiker:

Willi der Unterhaltungsmusiker ist siebenundvierzig Jahre und war schon einmal längere Zeit in der psychiatrischen Abteilung eines Landeskrankenhauses.

Als elfjähriger Junge war er ein Wunderkind. Er spielte in Brüssel und spielte in London und spielte in Paris und spielte in Köln. In Köln ist er geblieben. Da wurde er adoptiert. Von einem Musikprofessor und seiner Frau.

Er war das zehnte Kind unter sechzehn Geschwistern. Sein Vater tingelte Jahrmärkte und Nachtcafés ab. Und Willi half ihm dabei. Mit acht gab er sein erstes Konzert. Mit zehn wurde er entdeckt. Mit elf war er ein anerkanntes Wunderkind der Konzertsäle. Seit dem zehnten Lebensjahr besuchte er regelmäßig und außerordentlich die Musikhochschule und machte mit dreizehn sein Konzertexamen. In Köln, wo er mit elf Jahren adoptiert wurde, der Geburtsstadt Jaques Offenbachs, begann sein Abstieg.

Ob es an Haushalt und Haushaltsführung des Professors lag? Der Junge lernte es, sich vor den Mahlzeiten die Hände zu waschen. Er lernte es, von der Hausfrau sorgfältig angebrachte Gardinen nicht mit einem Stock zu prügeln oder zu einer Wurst zu drehen und kurzerhand abzuschneiden. Er lernte es, nicht so unanständig laut und eben unanständig zu lachen. Er lernte mit Geld umzugehen. Er lernte es, Musik auch zu hören.

Er hatte nicht einmal eine Elementarschule über drei Jahre hinaus besucht. Die Schule konnte ihn nicht behalten. Im Haus des Professors bekam er Privatunterricht. Systematisch konnte ihm nichts beigebracht werden. Aber auf einigen Gebieten machte er durch die Privatstunden Fortschritte. Sie ermöglichten ihm übrigens nicht zuletzt den gewissen Grad von Allgemeinbildung, den selbst einer wie er als Vorbedingung für sein Konzertexamen brauchte. Als das Examen bestanden und Willi dreizehn Jahre alt war, setzte die Pubertät bei ihm ein. Er regredierte und war jetzt nur noch der Junge aus der neunzehnköpfigen Familie, zotig, sentimental und latent kriminell.

Der Professor litt unter seinem Adoptivsohn. Er spielte mit ihm vierhändig Telemann, Bach und morgens Mozart und nachmittags Schubert und an Ausnahmetagen Ludwig van Beethoven. Der Junge behauptete jetzt nämlich seit einiger Zeit selbst, Ludwig van Beethoven zu sein. Und zog sich die Haare in die Stirn und ging auf einen Knüppel gestützt oder schwang den durch die Luft. Die Hausfrau sah ihm ängstlich vom Fenster aus nach, wenn er durch die Straße ging. Immer auf dem Sprung, herbei und zu ihm hin zu eilen, falls er mit seinem Knüppel Fensterscheiben einschlüge. Mit trotzig vermucktem Gesicht brachte er sich Freundinnen in sein Zimmer mit. Und die Frau des Professors litt noch mehr und weinte noch ratloser.

Am Ende der Pubertät war auch sein Talent zu Ende. Er spielte fast gar nicht mehr und wurde aufgedunsen, fast dick. Dann wurde er zum Militär eingezogen. Und als er zurückkam, war seine Seele endgültig ruiniert. Er ging nicht in das Haus des Professors zurück, sondern wurde Unterhaltungsmusiker.

Allerdings gelang es dem Professor seinen Adoptivsohn wieder aufzuspüren und in einer großen Auseinandersetzung stellte er ihn zur Rede. Seine Undankbarkeit und seine Amoralität, seine Verworfenheit mit einem Wort. Willi grinste. Der Professor spuckte aus. Und gleich darauf brach er auf offener Straße in ein dünnes Weine aus.

Willi verlor den Verstand. Mit einem Messer ging er auf einen Jugendfreund und die Köchin im Haus des Jugendfreundes los. Dabei war er nur zu einem Besuch gekommen. Der Freund war auch eingezogen gewesen. Jedenfalls wurde er auf seinen Geisteszustand untersucht und anschließend in das psychiatrische Landeskrankenhaus in N. gebracht.

Dort blieb er drei Jahre. Sein Adoptivvater besuchte ihn einige Male. Beide waren still und bekümmert. Der Sohn war eben sehr krank. Der Vater war eben ein alter Mann.

Willi, der Unterhaltungskünstler, wusste, dass er krank war und in einer psychiatrischen Klinik war. Die Diagnose 'Schizophrenie'. Er tippte öfter im Gespräch mit anderen gegen seine eigene Stirn und sagte: „Hier."

Er hatte Zeiten vollkommener Anwesenheit. Die Anstalt hatte dafür gesorgt, dass er morgens regelmäßig für alle Insassen Orgel zu spielen hatte. Willi, der Unterhaltungskünstler spielte also Orgel. Er las auch Swedenborg, was ihm weniger bekam. Er sprach jetzt gerne hoch und schneidend von Verdammnis, Himmel und Hölle. Nach drei Jahren wurde er entlassen. Gemeingefährlichkeit bestand nicht mehr.

Seit vierundzwanzig Jahren ist er jetzt Unterhaltungskünstler. Sein Adoptivvater, der Musikprofessor, ist neulich gestorben. Er ist nicht zum Begräbnis gekommen. „Er hat mich zerbrochen", pflegt Willi, der Unterhaltungsmusiker, zu sich selbst zu sagen, „Milieu ist Milieu."

In der Tat, als er Mozart, Bach und Beethoven gespielt hatte und es damit zum Wunderkind gebracht hatte, hatte er ja nicht gewusst, was er spielte und dass das Zeug besser war als der Tingeltangel, den sein biologischer Vater spielte. Unschuldig und virtuos hatte er es heruntergespielt. Keine Spur von Befremdung. Keine Spur von Betroffenheit. Keine Spur von Ahnung, dass es damit etwas anderes auf sich haben könnte als dem, was in seinen vier Wänden gelebt, geliebt und verbrochen wurde. Diese Befremdung, diese Betroffenheit, diese Ahnung hatte er im Haus des Professors kennengelernt und als einen Wert gegen seinen eigenen Unwert und dem des Milieus, aus dem er gekommen war, setzen gelernt. Der saß auf seinem Schemel und hörte zu, wie reife Interpreten dieselben Stücke spielten, die er auf der Stufe der ersten Unmittelbarkeit so glatt hingelegt hatte.

Aber sein Kopf und seine Konstitution hielten diesen Widerspruch nicht lange aus. Diese Reife, Erbe später Kultur, war nicht sein Teil. Er steckte die Hand in die Hosentasche und schlenderte durch die

Straße, in der das Haus des Professors lag. „Warum denn man, warum denn dann, ist die Banane nur so krumm?" grölte er, und die Häuserwände hallten das Gegröle merkwürdig zittrig wider.
Da bereits war er zum Unterhaltungsmusiker geworden. Anbiedernd, zynisch, dreckig, mit einem kleinen Grinsen der Wehmut auf der Stirn.

„Heilige Nacht, o, so gieße du
Himmelsfrieden in dies Herz
Gib dem armen Pilger Ruh
Holde Labung seinem Schmerz
Hell schon erglühn die Sterne
Leuchten aus blauer Ferne
Möchten zu dir so gerne
Fliehen himmelwärts."

Ludwig van Beethoven. Noch einmal, heute Abend, im Jahre 1974, hat sich Willi, der Unterhaltungsmusiker, an Ludwig van Beethoven erinnert.
„Gebt dem armen Pilger Ruh, er kann nicht schlafen, der arme Kerl", schreit Willi, der Unterhaltungsmusiker, sein Publikum an. Und auf dessen verständnislose Blicke haucht Willi, der Unterhaltungsmusiker, noch einmal und leise: "dem Ludwig van Beethoven."

Der lange Tod in Freiburg:

„Ach, lieber Tod von Basel, Bi Ba Basel, hol mir die Alte fort."
In der Leukämiestation der Freiburger Klinik liegt seit neun Monaten
ein schwarzwaelder Uhrenfabrikant. Die Ärzte haben ihm vor
einem Jahr noch ein Jahr gegeben. Der erste Arzt allerdings, cen
er vor neun Monaten, kurz vor Heilig Abend aufgesucht hatte,
hatte ihm nur noch eine knappe Woche bis zum Neujahr allenfalls
beigemessen. Aber das war nur sein Hausarzt und kannte sich
nicht in dem speziellen Verlauf seiner Leukämie aus. Die währte
jetzt immerhin, wie gesagt, schon neun Monate.
Zwar ging es jetzt in beschleunigten Schritten auf das Ende des
Uhrenfabrikanten zu. Eine Gelbsucht hatte bereits eingesetzt
und zwang den Kranken noch rote Rüben und Bioghurt zu sich
zu nehmen. Und alle drei Stunden etwas Sonnenblumenöl. Was
er selbstverständlich alles der Reihe nach wieder erbrach. Und
durch- und wundgelegen hatte er sich längst und fand für seinen
Körper im Liegen keine schmerzfreie Stelle mehr. Aber er hörte
auf die Musik in seinem kleinen Kofferradio: „Ach, lieber Tod von
Basel, Bi Ba Basel, nimm mir die Alte fort."
Er war verheiratet und hatte drei Kinder. Die studierten in
verschiedenen Städten. Seine Frau besorgte das Haus. Er sprach
nicht gern von sich. Auch von seiner Krankheit nicht. Jetzt war
er einundfünfzig Jahre.
Gegen Weihnachten spätestens würde er tot sein. Er dachte an seine
Leiche. Fortschrittliche Ärzte, die er noch vor seinem Gang in die
Freiburger Klinik zahlreich aufgesucht hatte, hatten keine Zweifel
an seinem Ableben gelassen. So war es real, sich mit der Leiche, die
er einmal abgeben würde, zu beschäftigen.
Er lag in einem komfortablen Appartement für sich allein. Besucher
kamen ganz wenig. Bei so einer langen Krankheit immer zögernder
und unlieber. Dafür viele Sträuße Lilien und Zypressen und ähnliche

Totenblumen in Cellophan Papier.

Nachts ängstigte sich der Fabrikant. Schweiß brach aus seinem abgemagerten Körper, und Tränen furchten Rinnen in sein bleiches Gesicht. Er bedauerte nichts. Und wollte auch nichts oder nicht viel zurückhaben oder festhalten, von dem, was sein Leben gewesen war. Umso maßloser war seine Angst. Nach vorne. Erinnerungen wollten ihm nicht glücken. Nicht einmal ganz frühe an die eigene Mutter. Er stieß sie alle zurück. Oder sie stießen ihn zurück. Und ohne Erinnerungen in den Tod sehen, in die eigene Auflösung sehen ist bitter.

Sein einziger Lebensinhalt war der Vorwurf geworden. Über diesen langen Tod. Und dieses nicht lange, nicht kurze Leben, das er gelebt hatte. Ungeliebt. Daher kamen wohl die Längen in seinem Leben und in seinem Tod. Oder recht und schlecht geliebt. Von der Frau und den Kindern. Und ohne Selbstliebe. So konnte er nicht einmal schlummern, eine Weile auf seinem Kissen schlummern. Hartnäckiger als der Blutkrebs fraß ihn die Angst um sich selbst. Und die Frage nach dem Wozu, die sich immer nur da stellt, wo wir längst vor Langeweile faulen.

In der vorletzten Nacht vor seinem Ende, als bereits die innerlichen Blutungen eingesetzt hatten, schrie er dreimal vor Schmerz auf. Das waren neue Schmerzen, andere als die gewohnten seines durch- und wundgelegenen Körpers. Dumpfer und bedrohlicher, zum ersten Mal meldete sich die Krankheit, an der er sterben sollte, selbst.

Neun Monate hatte er der Krankheit nicht einmal ins Gesicht sehen können. Sie entdeckte sich nicht. Sie wurde aufgefangen, behandelt, aufgehalten, in der sterilen trockenen Luft seines Zimmers in der Klinik der Leukämiestation in Freiburg. Schmerzen verursachte sie nicht. Jetzt doch. Sie fingen an innen, nicht mehr oberflächlich, an seiner wund gescheuerten Haut.

Als er seinen kleinen, jedenfalls nicht lauten, dreifachen Schrei ausgestoßen hatte, kam ein Krankenpfleger in sein Zimmer. Mehr zufällig hatte er sich auf dem Gang vor der Zimmertür des

Uhrenfabrikanten aufgehalten. Nachtwache versah er nicht. Er öffnete die Tür in den kleinen Flur zum Zimmer des Kranken und öffnete die zweite Tür und sah in das Krankenzimmer hinein. Der Fabrikant saß aufgerichtet, aber über seine Bettdecke gebeugt, in seinem Bett.

Als der Pfleger ihn fragend ansah, sah er ihm schnell und wie schuldbewusst ins Gesicht.

„Ich wollte sie nicht stören", murmelte er.

„Aber", sagte der Pfleger und kam auf ihn zu, „Sie haben doch Schmerzen?"

„Ja", gestand der Fabrikant mit merkwürdig verzogenem Gesicht, als ob er jetzt zum Weinen ansetzen wollte.

Aber der Pfleger griff nicht nach der kleinen Doppeldosis von Schmerztabletten, die da ohnehin längst bereit auf dem Nachtisch des Kranken, gut steril in ihrer kleinen Cellophanverpackung lag, sondern setzte sich auf den Bettrand des Betts des Kranken und fragte ihn: „Hatten Sie heute viel Besuch?"

Der Kranke vergaß sein verzogenes Gesicht und starrte den Pfleger an und sagte: „Nein."

„Und gestern", fragte der Pfleger.

„Auch nicht", sagte der Fabrikant, „ich bekomme Blumen."

„Von ihren Angehörigen", fragte der Pfleger.

„Ja. Auch von meiner Familie", sagte der Kranke.

Da zieht ihm der Pfleger das über die rechte Schulter verrutsche Hemd am Hals wieder zusammen und schließt der oberen Knopf, und der Kranke sieht den Pfleger misstrauisch an und fragt: „Sie wollen wohl, sie müssen wohl jetzt meine Familie verständigen?"

„Nein", sagt der Pfleger leichthin, „warum. Die brauchen wir gar nicht."

Da rutscht ein Klumpen im Hals, in der Kehle des Fabrikanten tiefer nach unten, irgendwo hin, und er sieht angespannt aus, fast aufgeregt.

„Man braucht keine Familie, nicht wahr?", sagt er jetzt fast tonlos in seinem Flüstern.

„O nein", stimmte der Pfleger zu und wippt auf dem Bettrand mit seinen Füßen.

„Meine Familie, hören Sie", setzt der Kranke wieder an, meinen Sohn habe ich hier überhaupt noch nicht zu sehen bekommen, meinen anderen einmal, meine Tochter mit der Mutter viermal, glaube ich. Aber die war die meiste Zeit auf dem Flur draußen, die Luft bei mir bekäme ihr nicht, hat sie gesagt, und meine Frau hat zu mir gesagt: ‚Das musst du verstehn'."

„Ja", sagte der Pfleger.

„Und meine Belegschaft, die schickt mir natürlich die Post. Und drei mal kamen die beiden, die mich da jetzt vertreten mit schwarzen Anzügen und Sträußen. Unser Gespräch – geschäftlich natürlich."

„Ja", sagt der Pfleger und hilft dem Kranken, sich auf seine Kissen zurückzulegen und gibt ihm jetzt auch aufgelöst in einem Wasserglas die Schmerztabletten. Und wartet noch eine kleine Weile und geht dann auf die Türe zu und schließt sie leise hinter sich.

In der Nacht vor seinem Tod am frühen Morgen stürmt es. Ein starker herrlicher Herbststurm. Die beiden letzten Tage war der Pfleger öfter im Zimmer des Fabrikanten und brachte ihm sogar, ohne Wissen der Ärzte, Morphium. Der Kranke klagte nicht, und der Arzt hatte nur flüchtig bei ihm Visite gemacht. Die Familie jedenfalls war nicht verständigt worden. Es schien für die Krankenhausabteilungsleitung kein Anlass dazu zu bestehen.

„Ich muss mein Testament machen", sagte der Fabrikant ganz schwer und mühsam in der letzten viertel Stunde seines Lebens zu dem Pfleger.

„Ach, wozu", sagt der Pfleger und summt etwas vor sich hin.

Beim Sterben sieht der Kranke unentwegt auf den Pfleger, der leicht ans Fensterkreuz lehnt, im Rücken der Morgen.

Jedermanns Tod:

Als Hans A…siebenundsiebzig Jahre alt war, holte ihn an einem Karfreitag der Tod. Drei Wochen hatte er sich gegen ihn gewehrt. In einem Gespräch mit einem Jugendfreund als Fünfziger hatte er gegen seinen Flügel gelehnt, die Hände in beiden Hosentaschen, die Uhrkette lose hängend an der rechten oberen kleinen Tasche kurz unterhalb des Hosenbundes, spöttisch den Jugendfreund an seine untere Bauchhälfte fassen gesehen.

Der Jugendfreund hatte damals, seit einiger Zeit, Angst vor Krebs. Er lebt heute noch. Und hat keinen Krebs. Hans A…dagegen ist vielleicht daran gestorben. Aber das weiß man nicht. Es konnte ja nicht im letzten Augenblick der Brustkorb geöffnet werden und für Magen- und Darmspiegelungen war er bereits viel zu schwach. Drei Wochen lang war Hans A…außerstande mehr als eine Hand oder einen Fuß auf und ab zu bewegen. Sein langer magerer Körper lag schwer auf dem Leintuch des Bettes. Erst Krankenhausbett, zuletzt eigenem Bett.

Dieses Leintuch ist dann auch seiner Ehefrau für immer mit entführt worden. Die Männer, die die Einsargung besorgten, haben und die oberen und unteren Zipfel des Tuches zusammengehalten und ihn so, am Fußende und Kopfende, an den Zipfeln des Tuchs festgehalten und zur Wohnung heraus und die gewundene Treppe herunter getragen.

Der Sarg stand unten, wo mehr Platz war. Sie haben ihn in se nem Betttuch in den Sarg herabgelassen und der Ehefrau gewinkt, sich über das Treppengeländer zu beugen um zu sehen, wie sie ihn zurecht und fertig machten, bevor der Deckel über den Sarg gesenkt wurde, und die vier Männer ihn in den schwarzen wartenden Wagen schoben.

Fotos gibt es noch eine ganze Reihe von ihm. Lässige, willensstarke. Voll leisem Spott und gelegentlich auch einer kleinen eigenen heimlichen Genugtuung und Freude. Ein Mensch eben. Der gerade über etwas nachgedacht hat oder seine kleine Bilanz gezogen hat oder abwartet, was sonst noch kommen wird. Solange einer lebt, kann er sich eben nicht anders sehen als in lebendigen Bezügen zurück und nach vorn.

Hans A… hat, wie jeder, der seine Krankheit nicht kennt, und sich nur auf einmal oder nach und nach schwächer fühlt, nicht einen bewussten verantwortungsvollen Augenblick an seinen Tod gedacht. Als der Notarztwagen vor seinem Haus hielt und zwei Männer mit einer Bare zu ihm heraufeilten, der ihn behandelnde Arzt hatte mit dem Wissen seiner Frau diese Anordnung für nötig befunden, und zwar wegen der erschreckenden Diagnose einer ihm am Vortag entnommenen Blutprobe, saß Hans A… noch aufrecht in seinem Sessel, schwach, aber von seinem angeblich lebensbedrohlichen Zustand ganz unbelastet fast glücklich. Wenn Glück das ist, das uns kleine sorglose Abwesenheiten erlaubt.

Als die Männer zu ihm vor- und durchgedrungen waren, verstand er sie lange nicht, höflich bemüht einen Irrtum aufzuklären. Bis er verstand und sich vom Sessel erhob und aufstand und schwankend an der Lehne festhielt und die Männer anfuhr, sofort und unmittelbar seine Zimmer zu verlassen, da drehten die sich unschlüssig in der offenen Tür, und die Ehefrau schlug die Hände vor das Gesicht, und Hans A… setzte sich wieder hin und in den Sessel zurück.

Dann kamen die Kinder und Enkel und Schwiegersöhne und drängten die Männer auf den Flur und an die Wohnungstür zurück und verabschiedeten sie. Die Lieblingstochter ging auf ihren Vater zu und sagte: „Das hast Du falsch gemacht. Du brauchst eine kleine Auffrischung. Du hast Blut verloren und musst es dir ersetzen lassen. Heute Abend noch. Sonst stirbst du."

Da sah er sie an, aufmerksam und besorgt. Nicht um sich. Sondern um sein Kind. Die Tochter.

„Wer sagt das?" fragte er.

„Ich. Der Arzt. Ich. Ich", sagte die Lieblingstochter unsicher.

„Der Arzt", sagte Hans A...zynisch, „der Arzt also."

„Nein, ich", sagt die Tochter.

Da legt er den Arm auf die Hand und sagt: „Es ist gut."

Da hilft sie ihm beim Aufstehen und führt ihn ins Nebenzimmer an der wartenden Familie vorbei und will, dass er noch eine kleine Mahlzeit zu sich nimmt. Die Mutter eilt sich mit der Suppe, und die Tochter bläst langsam über jeden Löffel, den sie ihm an den Mund reicht.

Dann ziehen die Schwiegersöhne ihm den Mantel über und setzen ihm den Hut auf, und Hans A...geht langsam an den Treppenrand heran und steigt Stufe für Stufe herunter. Der Schwiegersohn, der bereits arrivierter ist, hat den Wagen nicht dabei. Aber der andere hat eine kleine grüne 2CV. Dahinein versucht Hans A... seine langen Beine, die ihn die letzten Schritte zum Auto hin, bereits nicht mehr zu tragen drohten, nachzuziehen. Er ist schon auf das kleine grüngelbe Polster gesunken, und der Schwiegersohn stellt ihm die Beine, die nach draußen hängen, herein und schließt die Tür und fährt mit ihm und der Ehefrau und der Lieblingstochter ins Krankenhaus.

Während der Fahrt knickt er mehr und mehr in sich zusammen, und sein Hutrand liegt schräg über seinem Gesicht. Im Krankenhaus wird er in einen Rollstuhl umgebettet und im Aufzug in die Intensivstation gefahren. Der für ihn zuständige Arzt ist noch ganz jung. Und sieht ihn und die Familie des Kranken zynisch an. „Das ist ja ein Toter", sagt er zwischen den Zähnen hindurch. Nach einer kurzen Weile reicht eine Schwester ein Bündel heraus, die Kleider und Schuhe des Hans A...

Dann liegt er drei Tage und drei Nächte in der Intensivstation, an dem Arm und an den Beinen Apparate mit Sauerstoff und künstlicher Nahrung und in einem dünnen Röhrchen fließt sein Urin ab.

Dann wird er in ein kleines Zweibettzimmer verlegt. Zu klein für ein Einbettzimmer aber angeblich Privatstation. Er bezahlt ja dafür und hat sein Leben lang für solche Fälle, wie den, der jetzt eingetreten ist, in eine Kasse gezahlt. Vielleicht also wirklich Privatstation. Aber dann für Sterbende. Denn der Raum ist zu klein für zwei, schon zu klein für einen. Eine Abstellkammer mit grünlichen putzabbröckelnden Wänden.

Darin liegt er zwei Wochen.

Da er Schwierigkeiten mit seinem Gebiss hat, geht das Frühstück regelmäßig zurück. Bis einer seiner Schwiegersöhne kommt und ihn morgens um sechs Uhr füttert. Die Schwestern und jungen Ärzte auf der Station sehen den Schwiegersohn misstrauisch an. Was will der Mucker. Der Mann ist doch für nichts mehr gut als den Tod.

Drei Tage vor seinem Tod entlassen sie ihn. Der Oberarzt drückt der Ehefrau zuversichtlich die Hände. Jetzt geht es bergauf.

Die Sterbeziffer in den Krankenhäusern muss gesenkt werden.

Zu Hause sieht Hans A… an den vier Wänden seines Zimmers hoch. Fast wieder glücklich. Zwei Tage vor seiner Entlassung aus dem Krankenhaus hatte er am frühen Morgen, als der Schwiegersohn kam, zum ersten Mal in seinem Leben als Erwachsener geweint. Jetzt unterscheidet er wieder Geräusche. Das Telefon. Die Klingel. Tritte. Gerettet.

Gründonnerstag geht es ihm viel besser, fast gut. Zu seiner Frau, die an seinem Bett sitzt, sagt er besorgt: Geht es dir nicht gut?"

Karfreitag stirbt er. Seine zweite Tochter sitzt an seinem Bett. Er weiß nicht, dass er stirbt. Denkt nicht im Traum daran.

„Ich will mich etwas ausruhen", sagt er und drückt den Kopf leicht seitlich etwas tiefer in seine Kissen und stirbt.

Lebenslänglich:

Das Urteil ist gesprochen. Durch ein Spalier verlässt die Verurteilte an der Hand der Wärterin das Gerichtsgebäude. Sie ist 28 Jahre alt. Es ist ein schöner Oktobertag.

Sie hat den Mann ihrer Freundin erschlagen. „Das Verbrechen ist auf der tiefsten Stufe menschlichen Abgrunds geschehen. Wir können hier nicht das Recht verbiegen. Einmal, wenn die Gesetzgebung zu neuen wissenschaftlichen Erkenntnissen gekommen sein sollte, kann jede lebenslängliche Freiheitsstrafe in eine befristete umgewandelt werden. Dann werden wir uns auch des Falls dieser Frau erinnern."

Der Staatsanwalt und der Richter sind gut verheiratete Männer. Mit Frauen, die ihre Männer noch nie etwas gefragt haben. Die die gute Freundin in der offenen Tür abfertigen, wenn der Ehemann unten den Schlüssel ins Schloss steckt. Schon dieser Plausch könnte ja dem Ehemann den Abend verderben. Er will jetzt essen nach seinem Achtstundentag. Wie jedermann. O, die Freundin versteht, rasch ein Armdruck und die Treppe herunter, damit die Ehefrau die Suppe auf der Heizplatte noch einmal einschalten kann. So war es immer.

Katharina Sacher hat kurzerhand so einen Mann erschlagen, Ehemann. Er hatte die Nase schon seit drei Monaten schnuppernd in die Luft gehalten. In seinem Haus stimmte doch irgendetwas nicht mehr. Seine Frau stellte Fragen. Seine Töchter waren gelegentlich ungekämmt. Und sein Sohn sah sogar duckmäusig aus. Dafür war bei seiner Frau Therese jetzt häufiger eine gewisse Sacher anzutreffen, stand noch mit der irgendwo in der Küche rum, oder sogar im Wohnzimmer. Und letzte Woche tatsächlich in ihrer beider Schlafzimmer.

Wie kam diese Sacher dazu? Und wie kam Therese dazu? Sie konnte doch wohl allein in das Schlafzimmer gehen, wenn sie etwas

Bügelwäsche holen oder zurücklegen wollte. Er persönlich jedenfalls hatte die Sacher nie angefahren, nicht einmal ein Wort mit ihr gewechselt. Nur seine Frau sah er mit wachsendem Vorwurf an. Und an einem Tag passierte es eben, dass Katharina Sacher mit dem Beil aus der untersten Werkzeugschublade – der Werkzeugschrank stand in der Küche – übergangslos auf ihn zuging, wie er in seine Küche trat, und ihn einfach erschlug.

Der Staatsanwalt hatte eine leise, knappe, sachliche Stimme für die Schilderung dieses Vorfalls und für seine eigene Urteilsbegründung. Kein Gedanke an Parteilichkeit und Selbstbetroffenheit. Er war durchaus objektiv. Seine Frau, das wusste er, war ganz in seiner Hand. Beim Richter lagen die Dinge ähnlich. Auch seine Frau war ganz in seiner Hand. Den Auswurf musste man nur frühzeitig erkennen und aussondern, damit er nicht das ganze Obst anfaulte. Wie gut, dass es lebenslänglich gibt.

Katharina Sacher ist jetzt in ihrer Zelle. Allein. Nein, nicht allein. In allen Großstädten und in vielen Klein- und Mittelstädten gibt es Gefängniszellen und Menschen darin. Das ist eine ganze Sozietät. Eine eigene Gesellschaft in der Gesellschaft. Auch wenn sie untereinander wenig Kontakte haben. Die Lebenslänglichen allerdings sind eine Elite für sich. Ihrer Hoffnung ist der Kopf abgeschnitten. Die Tage wie die Jahre sind zwecklos. Selbst ihre Selbstmorddrohungen gegen die Wärter oder die Wände verfangen hier nicht mehr. Was lohnt es da, eine verhängte fremdbestimmte Sache noch nachträglich und mit einem schlechten Kalauer selbst manifestierte Freiheit unter Beweis zu stellen zu wollen.

Katharina Sacher sah das also auch ein. Und nahm davon Abstand, sich umzubringen. Nahm überhaupt von allem Abstand. Vom Weinen. Vom Toben. Und vom ganz großen utopischen Protest. Den hätte sie früher machen müssen. Spätestens noch im Gerichtssaal. Ach, warum hatten die solidarischen Frauen draußen vor den Fenstern, die den Protest probten, nicht wie ein Rabenheer die Fenster aufgestoßen und den Raum durchflogen und das Hohe Gericht mit ihren Schnäbeln zerpickt und zerhackt und sie auf ihren Flügeln davongetragen. Warum ist alles so allein, das aufs Äußerste geht?

Denn natürlich, das wusste Katharina gut, hätten die protestierenden Frauen nicht selbst jedenfalls einen Mann erschlagen, der sie störte, und den sie hassten. Radikal ist man allenfalls in Worten, und auch da muss man sich hüten. Und Exempel statuiert man nicht. Der Mann, der gerade zum Zeitpunkt ihres Urteilsspruchs unentdeckt die Frau im Rechenzentrum in K. vergewaltigt und erwürgt zurückließ, mit einem dicken roten Filzstift auf den Bauch gemalt, der hatte ja auch kein Exempel statuieren wollen, deshalb würde er wohl unentdeckt bleiben. Der hatte nur seine eigene heimliche, etwas grausige Befriedigung gesucht. Aber Katharina war so frei, offen zuzuschlagen.

O, Katharina, das büßt du mehr, die Schund-, Porno- und Aktualitätenpresse hat dich das bereits mehr büßen lassen als alle KZ-Bonzen zusammen für ihre Verbrechen an Frauen, büßen mussten und gebüßt haben und die Hohe Geistlichkeit selbstverständlich durch fünf Jahrhunderte Hexenverfolgung.

Katharina wusste also, dass sie jetzt allein war. Erst jetzt. Der kleine Protest um das Gerichtsgebäude war schon verstummt. Und die Schlagzeilen brauchten neues Futter. Leider gab es nicht immer über so delikate Herausforderungen zu berichten wie die der Katharina Sacher, die ja natürlich auch wieder keine Herausforderung im ernsten Sinn war.

Die Männergesellschaft steht fest. In breiten Schuhen mit guten gediegenen Kreppsohlen und karierten Sakkos. Katharina hat nicht einmal an den Schlaf der Welt gerührt mit ihrer kleinen verworfenen Tat.

Die dreihundertfünfundsechzig Tage des Jahres und das vielleicht noch vierzig, fünfzig Jahre hindurch, Sommer wie Winter werden sie über das, und nur über dieses eine belehren, dass er ganz umsonst war, ihr kleiner Protest. Ihr früh eingesargter Schrei wird nicht einmal die Frauen erreichen, die vielen, für die sie geschrien hat. Wenn sie dich mit siebzig aus der Zelle tragen, wenn du tot bist,

Katharina, denk daran, es gibt eine Auferstehung. Eines Tages werden wir dich die heilige Katharina nennen, falls die Frau das Gesicht eines Menschen bekommt.

Foto: Friedhof Melaten Köln

Die Geschichte von Mann und Frau muss neu anfangen

Kennzeichen der dritten Phase der Frauenbewegung sind die Erzählungen und Prosaskizzen von Ursula Erler. ... Hier werden ideologische Verhärtungen eines Denkens in Rollen und Anti-Rollen aufgelöst zugunsten jener Offenheit eines ‚Probehandelns und Probedenkens', das nicht absieht, wo es anlangen wird.
Um dieser Offenheit willen erzählt Ursula Erler. Ihr Schreiben wird von dem Pathos der Botschaft getragen, die Frau müsse durch die lesbische und heterosexuelle Liebe gleichermaßen hindurchgehen, um jenseits davon jene Zärtlichkeit zu finden, die unteilbar und total sei, „in der alles nicht mehr zählte: Geschlecht und Alter, Schönheit und nicht mehr Schönheit". In der Utopie des Hermaphroditen ist die Hoffnung aufgehoben, „die Geschichte von Mann und Frau müsse doch endlich anfangen".
Diesem Ziel ordnet die Autorin die Literatur als Mittel bedingungslos unter. Sie erzählt die Geschichte von Frauen, um in ganz direkter, ja schon naiv direkter Weise Menschen anzusprechen, nicht um Literatur zu produzieren. Da werden die Regeln der epischen Logik außer Kraft gesetzt, machen sich lächerlich vor dem ungestümen Bekenntnisdrang Ursula Erlers. In der Erzählung von der Liebe zwischen der alten „Lesbe" und der jungen „Emanze", die ausgezogen war, die ältere Frau feministisch zu unterwandern, springt die Autorin ohne Bedenken aus der Fiktion heraus und fährt dem Leser in die Parade: „Haben wir doch endlich den Mut, alle zusammen, uns einzugestehen, wie sehr verwandt wir uns sind, durch das Geschlecht hindurch!" Und, unmittelbar an die Männer gerichtet: „nun lacht einmal bitte nicht, ausnahmsweise – ihr erhaltet in uns (Frauen), die halbe Existenz zurück, eurer verspielten Existenz, gewinnt sie spielend zurück, an unserer Seite."
Diese Art literarischen Wilderns kann man, kunstrichterlich

verwerfen: wer unter Literatur die disziplinierte, asketische Arbeit am Wort, das Ringen um Nuancen versteht, sollte zu diesem Buch nicht greifen. Wer aber, selbst betroffen von der Identitätskrise seines Geschlechts, anfällig ist für diese ungeschützte Direktheit der Aussage, die den Leser weder in die Kühle Abstraktion begrifflicher Analyse noch in ein ästhetisches Wohlgefallen entweichen läßt, wird fasziniert und abgestoßen zugleich weiterlesen. Und er wird gerade weil das Erlebnismaterial der Autorin nur ganz roh literarisiert, gedanklich fast unbearbeitet, offen zu Tage liegt, unter der Wucht des Authentischen ebenso in die scheue, zurückgewiesene Liebe der pubertierenden Schülerin zu ihrer Lehrerin hineingezogen wie in das verhärtete Sexual-Gebaren einer vermännlichten Karriere-Frau. Die Nachrichten aus dem literarisch noch weitgehend unerkundeten Bereich lesbische Liebe werden weder sensationsheischend und marktgerecht kalkuliert aufbereitet noch hinter sprachgewandter Ziselierung versteckt. Ursula Erler gibt Zeugnis von der Anstrengung „Mann" und „Frau" tastend, mit allen Widersprüchen, nebeneinander, ineinander zu erleben, der fragmentarischen Existenz des Geschlechts zu entrinnen: „Und so buchstabierte sie denn auf eigene Faust die beiden Möglichkeiten des menschlichen Geschlechts."
Literatur im Sinne eines „hinterlassungsfähigen Gebildes", im Sinne sublimierendef Kulturarbeit ist es mit Sicherheit nicht, was Ursula Erler geschrieben hat. Das Buch dokumentiert einen durch die Not der Orientierungslosigkeit geborenen Bekenntniszwang einer 32 Jahre alten Frau, die „nebenbei" noch verheiratet und Mutter zweier Kinder ist. Damit hat die Autorin unleugbar einen Nerv dieser Zeit getroffen und offengelegt ohne ihn gleich wieder durch intellektuelle Anstrengungen in den Griff zu nehmen.

Aus der Rezension „Die neue Sophie"
MICHAEL ZELLER, FAZ, 1978

Ursula Erler
136 Seiten Paperback
ISBN: 9783756890347

Im Nachlass von Ursula Erler, die am 1. Juli 2019 starb, befand sich der bisher unveröffentlichte Roman Rendezvous. Er entstand 1982 und erscheint unter dem Titel Rendezvous jenseits der Grenze. Über ihren ersten Roman Die neue Sophie schrieb die Soziologin Helge Pross 1972: „Wäre sie nur eine rebellische Einzelgängerin, so hätte sie kaum diesen gleichermaßen kühnen wie nüchternen Text verfasst. Für sie galt: Die emanzipierte Frau misst sich heute nur an der Frau. Sie ist dabei, die Bilanz der Zeit zu ziehen, in der der Mann die Welt geprägt hat."

Entschlossen hat Ursula Erler diese Bilanz auch gegen Missverständnisse literarisch und essayistisch gezogen. Die MeToo Bewegung heute verdeutlicht, wie früh Ursula Erler begriffen hatte, dass es der Mann ist, der seinen Blick auf die Frau verändern muss. Der Roman zeichnet die kompromisslose Unbeirrbarkeit nach, mit der die Frau heute auf ihrer Integrität und ihren Träumen besteht: Eine faszinierende Selbstreflektion in oszillierenden Dialogen.

Ursula Erler
140 Seiten Paperback
ISBN: 9783739233383

Es gibt zuweilen Prosabücher – Romane, Erzählungen – die so voller Atmosphäre stecken, dass sie in solcher Atmosphärik sich aufzulösen drohen. Manchmal hat man beim Lesen des neuen Buches von Ursula Erler diesen Eindruck. Denn man erlebt solchen intensiv atmosphärischen Prozess im Roman „Vertrauensspiele".

Diese überaus sensitive, tatsächlich schwebende, stets gefährdet und missverständlich wie missverstanden (von beiden?) gewesene Liebe, diese sensible Dauer-Komplikation zieht am Leser wie eine neue „Lange Reise Zärtlichkeit" vorüber. Dies ist nicht inhaltlich zu verstehen. Aber der Titel des älteren Buches gibt geradezu d e Substanz des neuen wieder. Wenn ich von Lyrik sprach, meinte ich damit den Ton von Cantilene und Romanze, der mitschwingt, ein Märchen- und ein Sehnsuchtston, der im Verlaufe des Memorierens der Ich-Erzählerin immer stärker wird, soghaft manchmal, wenn auch zaghaft und leise. Es ist ein leises und zuweilen wie betäubt hingeschriebenes Überlebens- und Weiterlebensbuch.
KARL KORLOW

Ursula Erler
144 Seiten Paperback
ISBN: 9783758320279

Die leicht stilisierte eigene Lebensgeschichte, die da in vorwiegend erotisch gefärbten Entwicklungsschüben vorgestellt wird, läßt auf ein ungeheuer selbstbewußtes, phantasievolles Kind schließen, das sehr früh schon der Umwelt den Ton angeben wollte, seine erotischen Erfahrungen vor allem mit Frauen absolvierte und bald begriff, daß dieser Art Selbstverwirklichung ein Arsenal von Lähmungen und Vorurteilen entgegenstand, die man nicht ganz, aber zum großen Teil als „gesellschaftliche" begreifen kann. Sie entschloß sich, sie allein als gesellschaftliche aufzufassen. Und um dem eigentlichen Problem zu entrinnen, faßte sie einen weiteren grimmigen Entschluß, nämlich den, zu heiraten, um sich „durch eine Verehelichung zunächst einmal zu einem vollgültigen Mitglied der menschlichen Gesellschaft zu machen. Für das weibliche Geschöpf ist die Ehe nach wie vor das Entreebillett in die Gesellschaft".
MARIANNE KESTING (FAZ 3.3.1973)

Wie sehr viel ernsthafter Versuche fraulicher Selbstbefreiung ausfallen können – oft genug an Selbstentfesselungskünste erinnernd, wenn man in Betracht zieht, wie „alleine" manche Frauenrechtlerinnen sind und bleiben – zeigt jetzt der erste Roman Ursula Erlers.

Erler nun hat versucht, die ihrer selbst bewußte Subjektivität ins
Zentrum literarischen Geschehens zu stellen, eine biografisch
vermittelte Bewußtseinsgeschichte zugleich als allgemeine
weibliche Problematik darzustellen. Hinzu kommt eine große
Unerbittlichkeit, mit der das Thema durchgefochten und vor-
getragen wird, eine Unerbittlichkeit, die an Ernsthaftigkeit des
Anliegens alle Militanz weit hinter sich läßt, weil sie sich nicht
mit dem Geklirr der eigenen Waffen selbst Mut machen muß.
MANFRED BOSCH (FRANKFURTER RUNDSCHAU)

Erlers Roman ist ein weiblicher Entwicklungsroman als Antwort
auf Rousseaus Erziehungsroman „Emile" und dessen bürgerlich
pädagogische Maximen. Sie hatten Geltung für das 19 Jahrhundert
und in Deutschland bis zur Mitte des 20. Jahrhunderts.

Der Roman stand am Anfang der Frauenbewegung in Folge
der 68er Unruhen. Entsprechend offen zeigte er sich für die
Suche nach neuen weiblichen Identitäten. Diese Offenheit
in der Suche macht das Buch in vielfacher Hinsicht zu einer
Provokation nicht nur angesichts hergebrachter Männerrollen
und scheinbar fragloser gesellschaftlicher Strukturen, sondern
auch innerhalb der sich herausbildenden neuen Frauenbewegung.
Ein Roman, der auch 50 Jahre nach seinem ersten Erscheinen
kaum etwas von seiner Aktualität eingebüßt hat.